U1019633

英国经典抒情诗选译详注

Selected Gems of British Lyric Poems: Translations and Annotations

江家骏 译注

西南师范大学出版社
国家一级出版社 全国百佳图书出版单位

图书在版编目（CIP）数据

英国经典抒情诗选译详注 / 江家骏译注. -- 重庆：西南师范大学出版社, 2020.1
ISBN 978-7-5697-0107-4

Ⅰ. ①英… Ⅱ. ①江… Ⅲ. ①抒情诗—诗集—英国 Ⅳ. ①I561.2

中国版本图书馆CIP数据核字(2020)第009913号

英国经典抒情诗选译详注

Selected Gems of British Lyric Poems: Translations and Annotations

江家骏　译注

责任编辑：廖　伟
美术设计：夏何青青　张　宏
排　　版：大简广告·蒋　燕
出版发行：西南师范大学出版社
地址：重庆市北碚区天生路2号
邮编：400715
http://www.xscbs.com
经　　销：全国新华书店
印　　刷：重庆共创印务有限公司
开　　本：180mm×185mm　1/24
印　　张：8.5
字　　数：175千字
版　　次：2020年3月第1版
印　　次：2020年3月第1次
书　　号：ISBN 978-7-5697-0107-4
定　　价：38.00元

·序·

近日在出差途中，忽然接到母校著名教授江家骏老师的电话，嘱托我为他所著的《英国经典抒情诗选译详注》作序。我闻后连忙说，我辈份小，由我作序恐不合适。然而，江老师一番鼓励的话，让我很快意识到，这是恩师对我的信任和重托！我没有理由推辞。

说起江老师和我的师生之情，还要追溯到41年前。作为“文革”结束后第一批经过高考入学的1977级大学生，我有幸被地处重庆的西南师范学院录取，而江家骏教授又是该学校的著名教授，我也有幸成为江老师的学生。我们全年级同学都知道，江老师是中国比较文学之父、国学大师吴宓教授的关门弟子，专门研习英国浪漫派诗歌，学识渊博，对学生和蔼可亲，因而大家都十分喜爱他主讲的英美诗歌课。江老师上课生动，教学严谨，效果奇好。尤其在朗诵英美诗歌时，总是声情并茂，极富感染力，其高亢洪亮的嗓音在教学楼很远的地方都能听到。这应该是当年西南师范学院外语系教学楼一道亮丽的风景。当年，我们77级就有不少同学被江老师所精选的英国著名抒情诗吸引，自此深深迷恋上了英美诗歌。在校图书馆前的草坪上、外语系的走廊边以及狭小的寝室里，都有包括我在内的年轻英诗爱好者在大声背诵或朗诵江老师推荐的不朽诗篇。

翻阅《英国经典抒情诗选译详注》一书，我好似又回到当年的课堂。全书精选34首抒情短诗，出自11位著名英国文学大家之手，多为当年江老师上课时着力讲解的著名诗篇；而这些诗歌，正和当年江老师在耶鲁大学学习时Paul Fry教授为中国学生学习英国诗歌而提供的篇章目录不谋而合，可谓英雄所见略同。这些也正是我当年第一次知晓的英诗宝库里的璀璨明珠，其中雪莱的《悲歌》（“A Lament”）和《爱的哲学》（“Love’s Philosophy”），济慈的《蝈蝈和蟋蟀》（“On the Grasshopper and Cricket”），彭斯的《一朵蔷薇红彤彤》（“A Red, Red Rose”）和《我的心呀，在高原》（“My Heart’s in the Highlands”），拜伦的《雅典的姑娘，我俩分别前》（“Maid of Athens, Ere We Part”）和《耶弗他的女儿》（“Jephtha’s Daughter”），坎贝尔的《艾林爵士之女》（“Lord Ullin’s Daughter”），梅斯菲尔德的《海恋》（“Sea-Fever”）等都是我的最爱。查看这些著名诗篇的主题，我们就能感受到江老师选诗时的独具匠心。从表面上看，这些诗表达的是少男少女对爱的感悟、老人在迟暮之年对人生的感叹，以及男女错爱酿成的人间悲剧等，其实，这正是英国诗人对人性的探索，对人道、地道和天道的叩问！因而，从哲学意义和美学意义上讲，这些诗对世间所有读者都会产生永恒的震撼力和冲击力！更为值得一提的是，该书还附有精美的插图，并在所收录的多数英诗的左上角或右上角附有二维码。通过手机扫码，我们能亲耳聆听到江老师朗读此诗的真实录音！这对喜爱英诗的读者无异于一场听觉盛宴。

江老师的这本《英国经典抒情诗选译详注》不仅选题精当，而且翻译出彩、注释出色。江老师是中英文大家，也是翻译大家。他曾在《对英译〈红楼梦〉前八十回的几点看法》和《读汉译〈英诗金库〉对照本的几点管见》等学术论文中专门论述对翻译的看法。他尤其强调，“译文质量的高低主要取决于对原文的理解程度”。下面以该书所选第一首诗“A Lament”（《悲歌》）的翻译为例。

原文：

O World! O Life! O Time!
On whose last steps I climb,
Trembling at that where I had stood before;
When will return the glory of your prime?
No more — Oh, never more!

江老师的译文：

啊，世界！啊，生命！啊，时光！
我登上了它们尽头的地方，
回首从前伫足处，令人战栗感慨；
何时回来啊，你昔日的辉煌？
不再来，——唉，永不再来！

此诗的原文有两个感叹词，分别是O和Oh。江老师特别标注，“前一个感叹词O，在此是表唤起注意（a call for attention）；后一个感叹词Oh，才是表痛苦的呼号（a cry of pain）”，并分别译之为“啊”和“唉”。这充分体现出他在理解此诗关键词语时的犀利眼光和敏锐判断力。

江老师不但强调译诗要理解原文，还强调要对原文的发音完全吃透。以“Maid of Athens, Ere We Part”（《雅典的姑娘，我俩分别前》）的翻译为例，该诗共有四个诗节。每一诗节的结尾都有一行希腊文：Zῶη μού, δᾶς ἄγαπῶ。查找此希腊文的英文解释，能知道其意思是 My life, I love you! 但江老师并不满足于此。为了知晓其希腊文的准确发音，他曾专门于 1980 年写信请教南京大学著名希腊语教授郭斌和老前辈，并收到郭教授的热情回信。确定 Zῶη μού, δᾶς ἄγαπῶ 的准确发音为：［ˈzuːiːmuːˈsæzˈægəˈpəʊ］。当年江老师在讲解这首诗的时候就曾告诉我们，他在查找希腊文 Zῶη μού, δᾶς ἄγαπῶ 准确读音时经历过的艰辛。我特意把这件事写出来，表达对恩师在教书育人方面精益求精、诲人不倦精神的敬意。

抒情诗是一种强烈感情的自然流露，一种博大之爱的着力倾诉。要译好此类诗，译者必须动真情，不但要充分理解原诗内容，还要在传达原诗情感和意境上下功夫。别林斯基曾说：“情感是诗人天性中的一个主要因素，没有情感就没有诗人，也没有诗。”因此在译诗时，译者必须使自己拥有像诗人一般的心境，使自己成为诗人，使诗人成为自己，把原诗被感情所溶解的思想和被思想所升华的感情注入译文里。译者还要使译诗具有一定的诗的形式和一定的韵律和节奏，做到与原诗形神兼似。我认为，江老师译注的这本《英国经典抒情诗选译详注》不但选题精当，理解准确，而且在声响与节奏的传达、意境和氛围的重塑和语言表达方式等方面已经达到了后人难以企及的高度。诗歌翻译是文学翻译中最难的，也最具有挑战性。然而，江老师的译诗告诉我们，只要我们精益求精，真情译诗，我们就完全能做好这项工作。

在结束本文之前，我想引用 Alfred Tennyson 在“Ulysses”一诗最后几行的诗句，向江老师表示敬意！

原文：

It may be that the gulfs will wash us down;
It may be we shall touch the Happy Isles,
And see the great Achilles, whom we knew.
Though much is taken, much abides; and though
We are not now that strength which in old days

Moved earth and heaven, that which we are, we are—
One equal temper of heroic hearts,
Made weak by time and fate, but strong in will
To strive, to seek, to find, and not to yield.

拙译：

或许海浪会将我们吞噬；
或许我们能抵达彼岸的乐土，
见到熟知的阿喀琉斯勇士。
虽然失去太多，但留存的也不少；
虽然已经没有从前那样的体力，
去改天换地，但我们依然如故，
仍有一腔英雄气。
虽被时光和命运耗损，我们仍意志坚强，
去奋击，去寻找，去发现，绝不放弃。

丁尼逊此诗表现的是一种崇高壮烈的情怀。尤利西斯虽已年老，仍激励自己奋斗不止。真可谓："老骥伏枥，志在千里；烈士暮年，壮心不已。"谨以此诗献给已是九十一岁高龄的江老师。恭祝恩师龙马精神，事业精进，寿比南山！

也相信《英国经典抒情诗选译详注》的读者会开卷有益，并从此开启阅读和欣赏英美诗歌的大门！

王宏

2019 年 11 月 3 日，于苏州大学

（王宏，苏州大学典籍英译首席专家、翻译学科带头人、博士生导师、博士后合作导师。中国英汉语比较研究会典籍翻译专业委员会副会长、中国翻译协会翻译理论与翻译教学委员会委员、中国比较文学学会翻译研究会常务理事。）

目 录
Contents

· 诗人简介 ·

波西·比希·雪莱

波西·比希·雪莱（Percy Bysshe Shelley，1792.8.4—1822.7.8）是英国伟大的浪漫主义诗人，出生在一个贵族家庭。他曾参加过都柏林爱尔兰人民的民族独立运动，1818 年被迫离开英国侨居在意大利。1822 年 7 月 8 日下午，诗人乘舟出海，突遇风暴，舟覆身死，年仅 30 岁。

雪莱的诗作，涉及面广，他除了写富于政治思想性的诗外，也写了不少十分优美的抒情诗，在这类抒情诗中，一些爱情诗尤其写得十分出色，其想象之丰富，音韵之和谐，比喻之美妙，文笔之流畅，都是英国同类诗歌中所少见的。雪莱是英国诗坛最有才华的抒情诗人之一。

罗伯特·彭斯

罗伯特·彭斯（Robert Burns，1759.1.25—1796.7.21）是苏格兰杰出的农民诗人。他出生于一个佃农的家庭，从小就下地干活，15 岁时便成了家庭的主要劳动力。但在耕作方面，却未获得好的收益。彭斯迫于生计，曾做过税关的小职员。他对当时爆发的法国革命产生同情，私下买走私被查获的炮，想偷送到法国，后被发现而未能成功。在他生命的后期，贫病交加，杂货商逼他还债，恐其病死无法讨还，遂将他告上法庭，要把他投入监狱。彭斯此时无计可施，便在 1796 年 7 月 12 日写了一封信给他在蒙特罗斯（Montrose）的堂弟詹姆士·彭斯，向他求助，希望能提供给他十英镑，以解他燃眉之急。这封信中充满了十分凄凉的话语，他说医生说他的病一半是忧郁颓丧，这都源于因无法还债而产生的恐惧。彭斯此时可说是穷愁潦倒至极，可怜之至。这封信真令人不忍卒读。

彭斯的母亲很爱唱民歌，他自幼也很喜欢唱民歌。劳作之余，自己也创作歌词。在彭斯的诗作中，有 300 多首诗实际是根据苏格兰传统的民歌曲子或创作、或改写、或加工的歌词。彭斯也正是在苏格兰民歌民谣的熏陶下和亲身参加劳动的实践中，开拓了他的诗歌创作，而且成为苏格兰伟大的人民诗人。1786 年 7 月他的《苏格兰方言诗集》（*The Pomes Chiefly in the Scottish Dialect*）首次在基尔马诺克（Kilmarnock）出版，马上轰动了苏格兰并被邀请到爱丁堡。在爱丁堡的文化圈中，他受到了相当的礼遇。可以说，世界上凡是会讲英语的地方，就会有彭斯的诗歌传唱。在英国文学史中，真正手握过犁耙，自幼就下地耕作，且一生钟情于民歌的诗人，成就能像彭斯这样伟大的诗人，的确屈指可数，这也是编者对彭斯的诗歌多选几首的主要原因。

乔治·戈登·拜伦

乔治·戈登·拜伦（George Gordon Byron，1788. 1. 22—1824. 4. 19）是英国19世纪上半叶伟大的浪漫主义诗人。在他的作品中表达了人民争取自由民主的思想。拜伦可以说是一位才华横溢的诗人，大有“下笔千言，倚马可待”之势。他最伟大的作品，应属诗体小说《唐·璜》（*Don Juan*）。鲁迅先生对拜伦有过十分中肯的评价，说他“超脱古范，直抒所信，其文章无不函刚健抗拒破坏挑战之声”。鲁迅先生还说过这样一段话：“有人说G. Byron之诗多为青年所爱读，我觉得这话很有几分真。就自己而论，也还记得怎样读了他的诗而心神俱旺；尤其是看见他那花布裹头去助希腊独立时候的肖像。”《唐·璜》是拜伦1816年离开英国后，1818年至1823年定居意大利时所作，他只完成了16章，他刚开始第17章不久，就在去助希腊独立的途中因患病去世而未能写完全诗。他的死可以说是为了希腊的独立而献身的。拜伦对希腊特别有感情，关于这点，鲁迅先生曾说过这样一段话：“特希腊时自由悉丧，入突厥版图，受其羁縻，不敢抗拒。诗人（按：此指拜伦）惋惜悲愤，往往见于篇章，怀前古之光荣，哀后人之零落，或与斥责，或加激励，思使之攘突厥而复兴，更睹往日耀灿庄严之希腊，如所作《不信者》暨《堂祥》（按：即《唐·璜》）二诗中，其怨愤谯责之切，与希冀之诚，无不历然可征信也。”

我国近代民主革命烈士秋瑾（1875—1907），被捕后不屈而英勇就义。1907年7月15日她在绍兴轩亭口就义前5日，曾写了一副自挽联：“不须三尺孤坟，中国已无干净土。好持一杯鲁酒，他年共唱摆伦歌。”这里的“摆伦”就是说的“拜伦”。可见拜伦对当时中国民主革命者的影响之大。正如鲁迅先生说的，为什么拜伦在当时较其他外国诗人更为中国人所知，那是因为“时当清的末年，在一部分中国青年的心中，革命思潮正盛，凡有叫喊复仇和反抗的，便容易惹起感应。”

拜伦死后，虽然他的作品受到世界各国人民的称道，可是在英国西敏寺内埋葬着许多著名诗人的“诗人角”（Poets' Corner），这位伟大的诗人却得不到一席之地。直到1968年才容许在“诗人角”为拜伦立一块牌子，来纪念这位伟大的浪漫主义诗人。

托马斯·穆尔

托马斯·穆尔（Thomas Moore，1779. 5. 28—1852. 2. 25），19 世纪英国的浪漫主义诗人，1779 年 5 月 28 日出生于爱尔兰都柏林一杂货商的家庭。穆尔 4 岁便能诵诗，富有音乐天赋，且善歌。在他最著名的《爱尔兰歌曲集》（*Irish Melodies*）中，爱尔兰人民的斗争和苦难，成了诗人创作的主题，专家们认为这是穆尔所写出的最好的作品，这些歌曲与爱尔兰人民几百年间为独立而进行的斗争紧密相连。穆尔还是《拜伦生平、书信、日记》的编者。拜伦认为穆尔是“爱尔兰最坚强的爱国主义者之一”，他认为穆尔是爱尔兰第一个歌颂英雄的诗人。1814 年 1 月 2 日，拜伦将他那首 1864 行的长诗《海盗》（“The Corsair”）献给了穆尔，并在致穆尔的信中写道：“While Ireland ranks you among the firmest of her patriots.” 诗人雪莱也在他的 “Adonais” 一诗中称穆尔是“爱尔兰最悲惨的冤抑之最美妙的歌者”（“The sweetest lyricist of her saddest wrong”），因为穆尔常通过他优美的诗篇诉说爱尔兰遭受的苦难。

托马斯·坎贝尔

托马斯·坎贝尔（Thomas Campbell，1777. 7. 27—1844. 6. 15）出生在苏格兰的格拉斯哥（Glasgow）。坎贝尔最初在格拉斯哥大学学习，后又到爱丁堡学法律。可是在学法律方面，未取得多大成绩，反而是他写的一首名叫《希望的欢乐》（“The Pleasures of Hope”）的诗令他出了名。他的传世之作，主要是他写的几首充满爱国热情的、描写战争的抒情诗，比如《波罗的海之战》（“The Battle of the Baltic”）、《霍恩林敦》（“Hohenlinden”）等，《艾林爵士之女》（“Lord Ullin’s Daughter”）也是他诗作中最受人们喜爱的著名诗篇之一。

约翰·爱德华·梅斯菲尔德

约翰·爱德华·梅斯菲尔德（John Edward Masefield，1878. 6. 1—1967. 5. 12），英国诗人及小说家，出生于赫里福德郡（Herefordshire）。他很小就成了孤儿，6 岁时母亲死后就由亲戚抚养在乡下一农场上。13 岁之前曾在沃里克（Warwick）一所培训商务航运人才的学校学习，14 岁时便第一次随船出海，到过智利，吃尽了晕船的苦头，身体几乎被拖垮；随后再度出海，横渡大西洋。他 17 岁就不再干水手工作。他到美国流浪，后在纽约做零工。由于结识了一位书店老板，他借此机会，拼命学习，博览群书。1897 年返回英国，定居伦敦，从事写作，开始了他多产的创作生涯。其一生总共写了约 50 部诗集、20 多部小说、8 部戏剧，还有其他一些杂著。1902 年梅斯菲尔德的第一部诗集问世，书名叫《盐水谣》（*Salt-Water Ballads*），受到广大读者的欢迎。1930 年被授予英国第 22 届“桂冠诗人”称号，1935 年又被英国授予“功绩勋章”（Order of Merit）。

约翰·济慈

约翰·济慈（John Keats，1795. 10. 31—1821. 2. 23），19世纪英国最伟大的浪漫主义诗人之一，出生在伦敦一家马车行，不到15岁就父母双亡。济慈的诗充满了感观之美（sensuous beauty）。他曾在埃德蒙顿（Edmondon）一外科医生处当学徒5年，随后两年在一医院为外科医生当助手。他工作得本也不错，但他不喜欢医务工作，1817年就放弃了助手工作而从事诗歌创作，同年就有诗集出版。他于1820年9月与一名叫约瑟夫·塞文（Joseph Severn）的友人画家同赴意大利，并同住在罗马。不料1821年2月23日，这位年轻的伟大诗人就与世长辞了。济慈是死在友人Severn的怀抱中的。4点钟的时候，济慈叫Severn扶他起来，他断断续续地说："Severn——I——lift me up——I am dying——I shall die easy; don't be frightened——be firm, and thank God it has come."然后他就逐渐呼吸衰竭，喉中痰吼如水沸声，到11点时，终于在十分平静安详中气绝，当时Severn还以为他睡着了。济慈在死前一个礼拜（2月14日）便对Severn口授了他的墓铭："此处长眠者，其名书水上。"（"Here lies one whose name was writ in water."）意思是他的名字，有如过眼烟云，很快便会被人遗忘。他哪里知道，他天才的诗篇，给他带来了不朽的名声，使他流芳百世。济慈在世时，他的诗集一共出版过三集（1817，1818，1820），一集比一集更为精进。他所作的那几首"颂"（"Odes—To the Nightingale", "On a Grecian Urn", "On Melancholy", "To Psyche", "To Autumn"），脍炙人口，举世传诵。济慈的诗受斯宾塞、弥尔顿和莎士比亚等人的影响最大。曾有专家认为，济慈若非英年早逝，他以后的成就甚至可能超过莎士比亚。1962年11月22日先师雨僧为我讲授济慈之诗时曾说："济慈，其寿命短（26岁）而苦吟诗，与李贺（长吉）同。"关于济慈的性格和为人，先师说他"不向人乞求，不受人怜；天伦骨肉与朋友之情甚重；境遇最苦而人格最高。"

威廉·莎士比亚

威廉·莎士比亚（William Shakespeare，1564. 4. 23—1616. 4. 23），英国文艺复兴时期伟大的剧作家和诗人，出生在埃文河畔的斯特拉特福德（Stratford-on-Avon）的一小康之家。1587 年莎士比亚离开故乡去伦敦，直到 1610 年他 46 岁时回到故乡过退隐生活。1590—1611 年这 20 来年间，他完成了 37 个剧作［现说 38 个，这是将他与约翰·弗莱特（John Fletcher）（1579—1625）合作的《两贵戚》（*The Two Noble Kinsmen*）算在内。在 37 个剧中的《亨利八世》也是他与 John Fletcher 合作完成的］、2 首长诗和 154 首十四行诗。关于莎氏剧作的分期，按照梁实秋先生的划分，分为四个阶段，即早期、成熟期、充实期和晚年期。莎士比亚剧作中最成功的是他的悲剧作品。《罗密欧与朱丽叶》只是他在早期阶段对悲剧的试笔。他的四大悲剧，除《哈姆雷特》完成于成熟期，其他三部（《李尔王》《奥赛罗》和《麦克白斯》）都是在充实期内完成的。这四大悲剧是莎士比亚剧作的巅峰。在早期，莎士比亚主要是写历史剧和一些喜剧；在晚年期，他回故乡之后，主要是创作传奇剧（romance），有人称为悲喜剧。在这类剧中，以《暴风雨》最好，是这一时期莎士比亚的杰作。莎氏的戏剧，大多用白体诗（blank verse）写成。白体诗又称无韵诗，每行五轻重，共十个音节（偶尔有例外）。因此，以这种诗体写成的剧，称为诗剧。莎士比亚从本质上来说，是一个诗人，由于机缘关系才走上了戏剧创作的道路。因此他的诗作（2 首叙事诗和 154 首十四行诗）在其创作中占有十分重要的位置。

莎士比亚在他的作品中对人性做了深刻而广泛的描写，塑造了上百个人物，有的具有典型性，有的各具个性。莎士比亚也是语言大师，某剧中某个人物，只要这个人物一开口，即使不事先告诉你他是谁，你从他的谈吐，就知道他是谁。莎士比亚的作品已成为世界文学的瑰宝。在我国有朱生豪先生等译的《莎士比亚全集》，也有梁实秋先生一人独立译完的《莎士比亚全集》。王佐良先生的《莎士比亚绪论——兼及中国莎学》也值得一读。

约翰·弥尔顿

约翰·弥尔顿（John Milton，1608. 12. 9—1674. 11. 8）是英国 17 世纪伟大的诗人，他的地位常排在莎士比亚之后。1608 年 12 月 9 日他出生在伦敦一个经济条件较好的公证人的家庭。弥尔顿自幼勤奋好学，不喜欢一般儿童的游戏玩乐，从小就怀着伟大的抱负，立志要干出一番大事业来。1625 年他进入剑桥大学学习，在此期间他就用拉丁文和英文写诗。1632 年他在剑桥获得学位之后，旋即隐居到霍顿（Horton）乡下他父亲的住处。

弥尔顿最伟大的诗作有三部：《失乐园》（*Paradise Lost*，1667），《复乐园》（*Paradise Regained*，1671）和《力士参孙》（*Samson Agonistes*，1671）。在这三部作品中，首推《失乐园》，全诗共分 12 卷，包含 10 565 行，故事取材于旧约《圣经》。这些作品都是在弥尔顿双目失明（1652 年），1660 年查理二世复辟，他被捕入狱，但又被释放之后，在他的几个女儿和一些青年的帮助下完成的。《失乐园》在弥尔顿在世时出版，他得过 10 英镑的稿酬，而且是分两次付给他的。在 1674 年 11 月 8 日弥尔顿死后，他的第三任妻子 Elizabeth Minshull 曾得过 8 英镑。这本书稿酬前后总共是 18 英镑。

托马斯·哈代

托马斯·哈代（Thomas Hardy，1840. 6. 2—1928. 1. 11），英国伟大的诗人和小说家，出生在英国西南部多塞特郡（Dorset），靠近多切斯特（Dorchester）的一个名叫上博克汉普顿（Upper Bockhampton）的小村庄。哈代的父亲是石匠，后来当了木厂经理。哈代小时候在毗邻的多切斯特读书，16 岁时跟着多切斯特的一位建筑师当学徒。6 年之后，学徒期满，他到伦敦一个建筑事务所当上了一名助理员。哈代从 25 岁开始写作，向杂志投稿。他曾一度彷徨，不知是从事建筑还是从事写作。他最初写的诗，无处发表，加之写诗收入甚微，难以维持生计，遂转而写小说。他的第一部成熟的小说是《远离尘嚣》（*Far from the Madding Crowd*，1874）。1878 年的《还乡》（*The Return of the Native*），可说是哈代小说中的杰作。他最为人知的小说是《苔丝》（*Tess of the D'Urbervilles*，1891）和《无名的裘德》（*Jude the Obscure*，1896）。这两部小说，由于有强烈的自然主义色彩，加之故事情节与维多利亚时期的传统道德观念相违背，因此给哈代招来了许多严厉的批评乃至痛斥。哈代愤而搁笔不再写小说，此后 30 多年间，他又重拾起写诗的生花之笔。1898 年刊出了他的第一部诗集《威塞克斯诗歌》（*Wessex Poems*）。关于哈代的诗与小说，到底哪种更佳，至今尚无定论，因为两者他都成绩斐然。而哈代本人总认为他的小说逊于他的诗歌。他最伟大的诗作，首推史诗剧《列王》（*The Dynasts*），第一卷刊在 1904 年，第二卷和第三卷分别于 1906 年和 1908 年刊出。这是一部史诗规模的戏剧性抒情诗，共 3 卷 19 幕 130 场。哈代虽然在诗歌和小说中都强烈地反映出他的宿命论观点，但他并不是一个悲观绝望者，而是一个改良主义者（meliorist）。他有着悲天悯人的胸怀，希望世界能逐渐得到改善，人类因战争杀戮之类的罪行带来的痛苦和悲剧能得以避免。

伊丽莎白·巴瑞特·勃朗宁

伊丽莎白·巴瑞特·勃朗宁（Elizabeth Barret Browning，1806.3.6—1861.6.29），又称布朗宁夫人或白朗宁夫人，是英国维多利亚时代最受人尊敬的诗人之一。15岁时，她因骑马而跌损了脊椎，从此下肢瘫痪。在她39岁那年，结识了小她6岁的诗人罗伯特·勃朗宁，她那充满着哀怨的生命从此打开了新的一章。她诗歌创作的主题可以分为两个主要方面，一是抒发生活之情；二是争取妇女解放，反对奴隶制，揭露社会的弊端，表现了进步的理想。她的诗具有炽热充沛的感情和扣人心弦之力量，语句精练，才气横溢，大都带有较浓的感伤。对艾米丽·狄金森、艾伦·坡等人都有影响。

·诗歌译注·

为您读诗

A Lament

By Percy Bysshe Shelley

1

O[1] World! O Life! O Time!
On whose last steps[2] I climb,
  Trembling at that where[3] I had stood before;
When will return the glory of your prime?
  No more — Oh, never more!

2

Out of the day and night
A joy has taken flight;
  Fresh spring, and summer, and winter hoar[4],
Move my faint heart with grief, but with delight
  No more — Oh, never more!

---

1. O 这个感叹词，在此是表唤起注意（a call for attention）；后一个感叹词 Oh，才是表痛苦的呼号（a cry of pain）。
2. On whose last steps: 专家评说，雪莱对世界的美好未来充满信心，他在这里一定不会是以为世界的末日来临，而是说他自己的时日不多了，因此专家认为雪莱写此诗乃不祥之兆，预示其次年溺水而死。
3. Trembling at that where... = Trembling to think of the position in which...
4. hoar *adj.* 本来用以形容（老年人）头发是灰白（白）色的；这里用以形容冬天，因冬天到处冰雪，一片白色。

悲歌

波西·比希·雪莱

1

啊，世界！啊，生命！啊，时光！
我登上了它们尽头的地方，
　　回首从前伫足处，令人战栗感慨；
何时回来啊，你昔日的辉煌？
　　不再来，—— 唉，永不再来！

2

从白昼和黑夜
快乐已经逝去；
　　新春、长夏、隆冬雪皑皑，
拨动我疲惫的心弦啊，只有悲哀，可那欢娱
　　不再来，—— 唉，永不再来！

译 者 后 注

雪莱的《悲歌》作于1821年，次年7月8日诗人乘一小船出海，突遇风暴，舟覆落水身亡。《悲歌》这首诗于1824年被收入诗人的《遗诗》（*Posthumous Poems*）中。在英国19世纪浪漫主义诗人中，雪莱是最激进的一个。1811年在牛津大学读书时，雪莱就发表了题为《无神论的必然性》（*The Necessity of Atheism*）的小册子，被学校开除。1812年他又到爱尔兰首府都柏林去散发名为《致爱尔兰人民书》的小册子，支持爱尔兰人民反政教压迫的斗争。1813年，雪莱发表了攻击英国政教的寓言诗《仙女王》（*Queen Mab*），此诗被马克思称之为“宪章运动者的圣经”（the Chartists' Bible）。1816年雪莱的妻子Harriet Westbrook投湖自杀，1817年法庭以诗人是无神论者为由，剥夺了他对自己的两个孩子的监护权。由于社会环境的恶劣，加之雪莱的健康状况不佳，诗人于1818年离开英国去意大利，从此他就再也没有回到自己的祖国。1821年朋友济慈不幸病逝在罗马，在此之前，他自己和第二任妻子Mary所生的两个孩子相继夭亡，加之雪莱支持的意大利烧炭党人的斗争又遭失败，在这一连串的打击下，雪莱写出了这首不朽的《悲歌》。这首小诗，虽只有短短十行，但内涵丰富，它充分反映出诗人内心的痛苦与彷徨。在异国他乡的雪莱，想从前，看现在，不禁悲从中来，终于发出了令人为之惊心的呼号。难怪早年曾任教于日本东京帝国大学和早稻田大学的爱尔兰裔日本文艺评论家和小说家小泉八云（小泉八云本名Lafcadio Hearn，因娶日本女子为妻，故改用日本名字），在他的书中盛赞《悲歌》这首小诗是英国抒情诗中的绝唱。在了解了《悲歌》的创作背景与诗人的不幸遭遇后，当我们再读这首诗时，就很容易联想到唐代大诗人陈子昂（661—702）的《登幽州台歌》：“前不见古人，后不见来者！念天地之悠悠，独怆然而涕下！”

为您读诗

A Dirge[1]

A Fragment

By Percy Bysshe Shelley

Rough wind, that moanest[2] loud
　　Grief too sad for song;
Wild wind, when sullen cloud[3]
　　Knells all the night long;
Sad storm, whose tears are vain,
Bare woods, whose branches strain[4],
Deep caves and dreary main[5], —
　　Wail, for the world's wrong[6]!

---

1. dirge *n.* 挽歌，悼亡曲
2. moanest *vt.* 以呻吟（或呜咽声）说出；*vi.*（风的）呼啸，哀鸣（古用法第三人称单数一般现在时加 -est）
3. sullen cloud: 阴云。在由早年日本学者冈仓由三郎作注的、日本出版的非卖品《金玉集》中，他把这里的 "cloud" 注作 "thundercloud"（夹有雷电的乌云）。
4. strain *vi.* 绷紧到最大限度（到快要断裂的程度）
5. main *n.*［诗］大海
6. wrong *n.* 冤枉，冤屈

挽歌

（片段）

波西·比希·雪莱

狂飙啊，含悲呼号，
　　心已碎，难成调；
狂风啊，天愁地暗，
　　雷声隆隆，长夜漫漫；
暴雨啊，悲泪空弹，
林叶落完，枝摇欲断，
洞穴深深，沧海茫茫，——
　　放声痛哭吧，为了人间的屈枉！

译者后注

在雪莱的这首短诗《挽歌》中，诗人满怀悲愤之情，对人间的一切屈枉，发出了惊天地而泣鬼神的最强音。特别是最后一行，诗人以雷霆万钧之力，火山喷发之势，对着大自然振臂高呼，号召大家都来为世上所有被压迫者遭受的屈枉而放声痛哭，以示抗议。

为您读诗

A Song of Willow[1]

A Fragment

By William Shakespeare

The poor soul sat sighing by a sycamore[2] tree,
    Sing all a[3] green willow;
Her hand on her bosom, her head on her knee,
    Sing willow, willow, willow:
The fresh streams ran by her, and murmur'd her moans;
    Sing willow, willow, willow:

1. 标题 "A Song of Willow" 是本书译者加上去的。
2. sycamore [ˈsɪkəmɔː] *n.* 此处是指"桑叶无花果树"（ficus sycomorus）。在旧约《圣经》中，出现过这个词，过去中文版《圣经》将它译作"桑树"，似不够准确。
3. all a: all 用来加强语意。旧时用法中是副词，作状语用相当于 just。

Her salt tears fell from her, and soften'd the stones; —

...

Sing willow, willow, willow[4]:

...

Sing all a green willow must be my garland[5].

— from *Othello*, IV. iii.

4. 在这行歌词的前后各有一行台词，是苔丝狄蒙娜对女仆伊米利亚说的话，为了使这一行歌词能与上、下行歌词连成一气，故台词这两行用省略号标出。
5. 在过去用杨柳枝条编成的花冠戴在头上，表示伤心自己失去了所爱之人。传说公元前597—538年，当犹太人被放逐在巴比伦的时期，杨柳树也为之含悲，枝条因而下垂成为垂柳（weeping willow）。因而杨柳从古代起在西方就寓有哀戚之意。

杨柳歌

（片段）

威廉·莎士比亚

可怜的人儿坐着叹息在一株桑叶无花果树旁，
　　把青青的杨柳来歌唱；
她的手抚着胸膛，她的头靠在膝上，
　　把杨柳，杨柳，杨柳来歌唱：
清清溪水流过她身旁，流水诉说着她的忧伤；
　　把杨柳，杨柳，杨柳来歌唱：
她那颗颗悲泪往下落，滴软了顽石的铁心肠；——
……
　　把杨柳，杨柳，杨柳来歌唱：
……
唱那青青杨柳编成的花冠，必定戴在我头上。

——选自《奥赛罗》第4幕第3场

译者后注

《杨柳歌》（片段）选自莎翁悲剧《奥赛罗》（*Othello*）第 4 幕第 3 场。奥赛罗令他的妻子苔丝狄蒙娜(Desdemona)先回房就寝，他随后就回去。苔丝狄蒙娜遂遵从丈夫的旨意，先回到房中。她坐在床上，对她的女仆伊米利亚说，她的母亲曾有个名叫巴巴拉的女仆，会唱一首《杨柳歌》，这本是支旧曲。在巴巴拉被爱人遗弃后，她就唱着这支能抒发她命薄之哀的歌死去。苔丝狄蒙娜还对伊米利亚说，“今晚这支歌总是离不开我的心头”。苔丝狄蒙娜坐在她的床上，就开始唱出了这首歌。这里的《杨柳歌》，的确是首老民谣，原本是一个失恋男子唱的一首哀歌。在《奥赛罗》中，莎翁保留了一部分原文，也做了一些改动和调整。原来的民谣比较长，莎翁只取了一小部分。因此，有专家认为此非莎翁原作，但是，这段歌词毕竟经过莎翁调整改动，这点是可以肯定的。

西方把杨柳视为失恋的情人的标志，在古代杨柳还寓有悲哀之意。有趣的是在东方的中国，杨柳在古代另有寓意，这缘于古代离别时，往往折路边柳枝相送，因而杨柳寓有离别与行旅之苦。李白在《劳劳亭》这首绝句中，就有“春风知别苦，不遣柳条青”这样的名句。李白客居洛阳时，在一个宁静的春天的晚上，不知哪家有人弄笛，吹出《折杨柳》这曲子，李白听后就写出了“此夜曲中闻折柳，何人不起故园情！”这样感人的诗句。

为您读诗　原曲欣赏

A Red, Red Rose[1]

By Robert Burns

1

O, my luve[2] is like a red, red rose,
　　That's newly sprung in June.
O, my luve is like the melodie[3],
　　That's sweetly play'd in tune.

2

As fair art[4] thou, my bonie lass,
　　So deep in luve am I,
And I will luve thee still, my Dear,
　　Till a' the seas gang[5] dry.

---

1. 这首诗原收入 1796 年 12 月出版、由 James Johnson 所编的《苏格兰方言乐府》（*The Scots Musical Museum*）第五卷中。
2. luve = love 爱人，情人
3. melodie = melody 乐曲，旋律
4. art［古］be 的现在时单数第二人称，与 thou 连用，thou art = you are。
5. gang［苏］= go

3

Till a' the seas gang dry, my Dear,
And the rocks melt wi'[6] the sun!
And I will luve thee still, my Dear,
While the sands o' life shall run[7].

4

And fare thee weel[8], my only Luve,
And fare thee weel a while!
And I will come again, my Luve,
Tho'[9] it were ten thousand mile!

---

6. wi' = with
7. the sands o' life shall run: 意为"只要我还活着"（only if I'm alive）。这里 sands 指"时间""片刻时间"，在古代人们用"沙漏"来计时。
8. fare thee weel = farewell to you
9. tho' = though

一朵蔷薇红彤彤

罗伯特·彭斯

1

啊，我爱人像朵蔷薇红彤彤，
　　六月里瓣儿刚打开：
啊，我爱人像一支乐曲，
　　美妙地奏出多和谐。

2

你是那样美，我的好姑娘，
　　我万般深情地把你爱，
我会一直把你爱，亲爱的，
　　纵然大海干涸飞尘埃。

3

纵然大海干涸飞尘埃，
　　太阳晒化大石岩，
我会一直把你爱，亲爱的，
　　只要我的命还在。

4

再见吧，我唯一的爱人，
　　让我们离别暂分开！
我一定要再回来，爱人哟！
　　哪怕我远在万里外！

译者后注

《一朵蔷薇红彤彤》是一首十分优美的爱情诗，也可说是一首骊歌。彭斯诗作中的300多首诗，实际是他根据苏格兰的传统民歌曲子写的歌词。有的保留了原有民歌的部分歌词，有的由他加工，有的则完全由他自己创作。要想深入赏析这些歌词诗篇，最好能找出原曲子来。比如在《一朵蔷薇红彤彤》这首诗中，由于它是歌词，而原曲子带有几分忧伤情调，因而彭斯所填词的内容与原曲情调十分吻合。在这首诗末尾倒数第二行的最后一个词“Luve”，按照原曲来唱这个“Luve”时，竟持续了八九拍之久，真是撼人心扉，那种不忍分离，但又不得不分离，同时又表示在今后哪怕要越过万水千山也要回来的决心，通过音乐就表现得更加淋漓尽致。由于“Luve”要延长八九拍，因而在译文中用了“爱人哟！”三个字。没有这个“哟”字，则很难配合原曲延长的唱腔。

为您读诗

Adam's Tenderness

An excerpt from *Paradise Lost*, Book V. ll. 1—25

By John Milton

Now morn[1], her rosy steps in th'eastern clime[2]
Advancing, sow'd the Earth with Orient pearl,
When Adam waked, so custom'd for his sleep
Was aery[3] light, from pure digestion bred,
And temperate vapors bland[4], which the only sound
Of leaves and fuming rills[5], Aurora's fan
Lightly dispersed, and the shrill matin song
Of birds on every bough: so much the more
His wonder was to find unwaken's Eve

---

1. morn *n.* [诗] = morning
2. clime *n.* [诗] 地方
3. aery [ˈeərɪ] *adj.* 梦幻般的
4. bland *adj.* 温和的，刺激性少的
5. rills *n.*（*pl.*）小溪

With Tresses discomposed, and glowing cheek,
As through unquiet rest: he on his side
Leaning half-raised, with looks of cordial love
Hung over her enamor'd, and beheld
Beauty, which, whether waking or asleep,
Shot forth peculiar graces; then with voice
Mild, as when Zephyrus[6] on Flora[7] breathes,
Her hand soft touchine, whisper'd thus: Awake,
My fairest, my espoused, my latest found,
Heav'n's last best gift, my ever new delight,
Awake, the morning shines, and the fresh field
Calls us, we lose the prime, to mark how spring
Our tended plants, how blows the citron[8] grove,
What drops the myrrh[9], and what the balmy[10] reed,
How nature paints her colors, how the bee
Sits on the bloom extracting liquid sweet.

---

6. Zephyrus [ˈzefərəs] *n.* （1）［希神］西风之神；（2）西风（拟人化）。在英国说“西风”就等于我们说“东风”“春风”。
7. Flora [ˈflɔːrə] *n.* ［罗神］（古罗马宗教所信奉的）女花神福罗拉
8. citron *n.* 香橼
9. myrrh [məː] *n.* 没药树（其流出的树脂叫没药，有香味，可用作香料，也可入药）
10. balmy [ˈbɑːmɪ] *adj.* 有香气的

弥尔顿创作《失乐园》，口授女儿记录。

亚当的温存

约翰·弥尔顿

此刻已是早晨，在东方她迈开了玫瑰色的步伐，
把晶莹的珍珠向大地播撒，
亚当在此时醒来已经习以为常，因为他的睡眠轻盈
由清纯的饮食和轻柔的雾霭形成；晨风中树叶沙沙，
烟笼流水潺潺，这是仅有的声响，
抖动着的树叶，黎明女神的扇儿，把他的睡意驱跑；
鸟儿们欢唱晨歌在树梢。对于亚当
更美妙的是当他瞧见尚在睡梦中的夏娃——
一头自然飘柔的秀发，一副红润鲜艳的面颊，
她还在熟睡，因为晚间未曾安静休息；
亚当此时半撑起身，脉脉含情，
俯身凝视着还在熟睡中的爱人，
他望着这天生丽质，不管是醒或是睡
都发出非凡的千般妩媚；于是以温柔的声音
好似西风轻拂花蕾，他轻轻地抚摸着她的手，

向她悄声低唤：醒醒吧！
我最美的、我娶的、我最近觅得的人儿，
天公给我的最终、最好的赏赐，我长久永新的欢喜；
醒醒吧！晨曦已照临，清新的原野在呼唤我们，
可别错过这美景良辰，去看看我俩种的庄稼可好，
去看看香橼树林的花开得怎样，
没药树流的浆液可多，清香的芦苇长得如何，
大自然在怎样把她的色彩涂抹，
蜜蜂又怎样在啜饮甘露，停歇在花儿的心窝。

——选自《失乐园》第 5 卷第 1-25 行

译者后注

《亚当的温存》这个标题是译者加的。《失乐园》是弥尔顿用白体诗（blank verse）写成的杰作。据西方的传说，亚当和夏娃是人类的祖先。读这段诗时应当想到，它的背景是洪荒时代，当时在地球上只有他们二人，亚当和夏娃是人类最早的一对恋人。他们生活在那没有像今天这样受到严重污染的自然环境里，弥尔顿笔下描写的大自然是多么的美，多么令人向往！

亚当此时半撑起身，脉脉含情，俯身凝视着还在熟睡的爱人。

Ae[1] Fond Kiss, and Then We Sever

By Robert Burns

1

Ae fond kiss, and then we sever!
Ae farewell, alas, for ever!
Deep in heart-wrung tears I'll pledge thee,
Warring sighs and groans I'll wage thee.

2

Who shall say that Fortune grieves him,
While the star of hope she leaves him?
Me, nae[2] cheerfu' twinkle lights me,
Dark despair around benights me.

3

I'll ne'er blame my partial fancy:
Naething[3] could resist my Nancy!
But to see her was to love her,
Love but her, and love for ever.

1. ae [苏] = one
2. nae [苏] = no
3. naething [苏] = nothing

4

Had we never lov'd sae[4] kindly,
Had we never lov'd sae blindly,
Never met—or never parted,
We had ne'er been broken-hearted.

5

Fare-thee-weel[5], thou first and fairest!
Fare-thee-weel, thou best and dearest!
Thine be ilka joy and treasure,
Peace, Enjoyment, Love and Pleasure!

6

Ae fond kiss, and then we sever!
Ae farewell, alas, for ever!
Deep in heart-wrung tears I'll pledge thee,
Warring sighs and groans I'll wage thee.

---

4. sae［苏］= so
5. fare-thee-weel: 诗歌语言，同 "farewell to thee"。

接个深情吻，我们就分离

罗伯特·彭斯

1

接个深情吻，我们就分离！
一声告别了，从此永分离！
满含伤心泪，我要对你起誓，
叹息又呻吟，我要向你保证。

2

有谁还会说，命运把他折磨，
姑娘已给他，希望星星一颗？
我没有星星，在我头顶闪烁，
绝望啊黑沉沉，紧紧笼罩着我。

3

我不怪自己，对她着了迷：
谁见了兰丝，都会爱入迷！
只要着见她，就是在爱她，
爱只爱一个她，永永远远地爱。

4

我们若未曾，那样深地爱，
我们若未曾，那样狂热地爱，
若永不相遇——或永不分离——
我们就不会有，伤心和断肠时。

5

别了，告别了，你第一最美丽！
别了，告别了，你最好最可爱！愿你有的是，快乐和财富，
安宁和乐趣，爱情和欢娱！

6

接个深情吻，我们就分离！
一声告别了，唉，永分离！
满目伤心泪，我要对你起誓，
叹息又呻吟，我要向你保证。

译 者 后 注

在罗伯特·彭斯众多脍炙人口的抒情诗中，《接个深情吻，我们就分离》（“Ae Fond Kiss, and Then We Sever”）乃是最闻名于世的佳作之一。

1786 年，彭斯的第一部诗集在 Kilmanock 出版发行，立即轰动了整个苏格兰文坛。彭斯被邀请到爱丁堡，受到了相当的礼遇。他成了当时爱丁堡文坛谈论的中心人物。也就在此时，在爱丁堡城里 Potter Row 街上的一套小屋子里，住有一位年龄不过 29 岁的 Agnes Maclehose 夫人。她就是上面诗中提到的 Nancy。她的朋友们都喜欢这样叫她。Agnes 原是格拉斯哥一位外科医生的千金。她感情用事，不接受家人的劝告，执意和一位名叫 James Maclehose 的花花公子结了婚，当时她才 17 岁。婚后四年中，就接二连三生了三个孩子，其中一个夭亡。由于丈夫成天花天酒地，不务正业，Agnes 感到十分生气，于是就带着两个孩子回到娘家，和外科医生父亲住在一起。在 1782 年，她的父亲不幸去世，Agnes 就迁居到爱丁堡，接受叔叔的帮助。她到爱丁堡是为了寻求文化生活，而她的丈夫却依然故我，不仅赌博，还四处借债，以致后来 Agnes 和她的叔叔都拒绝为他还债。最后是他们给这位 James Maclehose 先生一笔钱，他独自到西印度群岛谋生去了。Agnes Maclehose 夫人便独自一人带着孩子住在爱丁堡。Agnes 生性喜爱诗歌，她本人也不时提笔写些抒发她孤独情怀的短诗。当 1786 年底彭斯来到爱丁堡时，她自然是知道的。但是那次，她还无缘见到这位才华横溢、轰动爱丁堡文坛的青年诗人彭斯。1787 年末，彭斯因故又重临爱丁堡。同年 12 月 6 日那天，Agnes Maclehose 夫人终于和彭斯在 John Nimmo 先生家的一次茶会上见面了。这次见面是 Agnes 请 John Nimmo 的妹妹有意安排的。Agnes 和彭斯都是以客人的身份被邀请去出席的。这次见面，Agnes 和彭斯彼此对对方都产生了好感。Agnes 随即邀请彭斯在下周四到她家做客，而彭斯也欣然接受了她的邀请。只不过彭斯因为有事，同意推迟到周六

接个深情吻，我们就分离

前往。真是好事多磨，在周六赴约时，彭斯酒后雇车，偏偏碰巧雇到的又是一位醉汉马车夫，结果途中翻车，彭斯膝盖被摔伤，自然无法践约。彭斯便给 Agnes 写了一封短信，说明缘由。这一封信虽然不长，但颇具诗意，而且彭斯开门见山，单刀直入地表白了他对对方的倾慕。Agnes 收到信后，马上回信，并附上她的诗作。彭斯读后，也立即回信，大加赞美，他在信中有这样一段话："...Your lines, I maintain it, are poetry, and good poetry; ...had I been so blest as to met with you in time, might have led me—God of love only knows where." 这是彭斯在给 Agnes 的信中第一次提到了"love" 这个词。当 Agnes 收到这封信后，她意识到了彭斯的邪念，于是委婉地批评他说："Do you remember that she whom you address is a married woman?" 同时她又以开玩笑的口吻问彭斯，他是否能像《圣经》中雅各那样，为了得到妻子而等上七年，同时还得冒"等了七年后仍得不到"的失望之苦。虽说是 Agnes 口里在批评彭斯，但在她的内心中，对此是非常矛盾的。她并不想中断她和彭斯之间的友情。此后，他们之间更是书信频传，感情也与日俱增。Agnes 主动提出他们在通信时，她用 Clarinda 这个名字，建议彭斯用 Sylvander 这个名字，彭斯同意了。他们之间的恋情，到 1788 年 2 月中旬时，可以说已到了白热化的程度。但我们从 Agnes 致彭斯的信中可以看出，她多次用宗教这块盾牌，来回绝了彭斯对她提出的某种过分的要求。彭斯当时虽说未正式结婚，但他已和故乡附近的 Mauchline 镇的姑娘 Jean Armour 发生了关系，而且她还为他怀了孩子。之所以他和 Jean Armour 的婚事受阻，是因为 Jean 的父亲从中作梗。直到 1788 年 4 月末，彭斯才和 Jean 正式结婚。此事后来才为 Agnes 得知，她感到十分生气。对此事，她保持沉默了一年多。后来他们又互有通信。彭斯和 Agnes 最后一次见面，是在 1791 年 12 月 6 日。同年 12 月 27 日，也即 Agnes 打算乘船赴牙买加去到她丈夫身边之前，彭斯曾寄过三首诗给 Agnes，其中就包含了这首充满无限情意的小诗“Ae Fond Kiss, and Then We Sever”。此时，Agnes 对彭斯似乎已经气够了，对他多少已有所原谅；而对于彭斯来说，自己已有了妻儿，他与 Agnes 的那段热恋高潮，已成为往事。这首诗也就是在这样的背景下写成的。此诗充满无限深情，但也使人感到诗人流露出了他内心中的那种“无可奈何花落去”的惆怅情怀，也还带有几分“曾经沧海难为水”的慨叹。事隔 40 年之后，当 Agnes 已是一位年逾古稀的老太婆时，她在 1831 年 12 月 6 日的日记中，还满怀着眷恋之情，写下了这样一段话：“This day I can never forget. Parted with Burns, in the year 1791, never more to meet in this world. Oh, may we meet in Heaven.” 这也真可说是“此恨绵绵无绝期”啊！

A Sonnet from E. B. Browning's

By Elizabeth Barrett Browning

Go from me. Yet I feel that I shall stand
Henceforward in thy shadow. Nevermore
Alone upon the threshold of my door
Of individual life, I shall command
The uses of my soul, nor lift my hand
Serenely in the sunshine as before,
Without the sense of that which I forbore —
Thy touch upon the palm. The widest land
Doom takes to part us, leaves thy heart in mine
With pulses that beat double. What I do
And what I dream include thee, as the wine
Must taste of its own grapes. And when I sue
God for myself, He hears that name of thine,
And sees within my eyes the tears of two.

勃朗宁夫人抒情诗一首

伊丽莎白·巴瑞特·勃朗宁

离开我，你去吧。可是我觉得从今后
我就会随时随地，在你的身影里驻留。
我再不会孤独地在我个人生命的边缘
任意把自己的心灵使唤，不会像从前
我泰然地在阳光里举起了手
会出现那种克制自己的感受——
你的手轻抚着我掌心的时候。
厄运把我们天南地北两分开
却把你的心留在了我的胸怀
我心儿的脉搏就加倍跳起来。
无论我做什么和梦见啥，都有你和我一道
犹如人们喝酒，一饮就尝出它原本的葡萄
当我向神为自己祈祷，他听见了你的名号，
他看见在我眼里，噙着二人的泪水在闪耀。

译 者 后 注

伊丽莎白·巴瑞特·勃朗宁是英国著名女诗人，她的丈夫 Robert Browning（1812—1889）也是一位英国的著名诗人。这里选译的这首抒情诗，是她杰出的代表作《葡萄牙人十四行诗集》（*Sonnets from the Portuguese*）中的第六首。此集原标题为 *Poems*，于 1850 年初次发表，共有诗 44 首，作于她与勃朗宁恋爱期间。他们于 1846 年 9 月 12 日在教堂秘密举行婚礼，然后双双去往意大利度蜜月。1847 年，勃朗宁才读到这些“真情流露而意境高洁”的十四行诗。同年 4 月他们到达佛罗伦萨，从此便定居该地，直到 1861 年 6 月 29 日，勃朗宁夫人因患支气管炎病逝。《葡萄牙人十四行诗集》，和莎士比亚的十四行诗集，同被视为英国情诗中的瑰宝。为什么标题为“葡萄牙人十四行诗集”？据梁实秋先生说：“有几种不同的解释：一、勃朗宁夫人很崇拜葡萄牙 16 世纪诗人卡摩安斯（Luiz de Camoës，1524—1580），其夫为她起了一个绰号‘小葡萄牙人’（the little Portuguese）；二、意大利的阳光晒黑了她的皮肤，故其夫称之为‘我的小葡萄牙人’（my little Portuguese）；三、巴瑞特的肤发眼睛均显著地属褐色，故勃朗宁戏称之为“我的小葡萄牙人”；四、巴瑞特有一首诗‘卡塔琳那致卡摩安斯’，作为是卡塔琳那写给她的爱人卡摩安斯的，故巴瑞特的十四行诗即佯作为是翻译自葡萄牙文，以掩饰其私人的情感。”（见梁实秋编著之《英国文学史》）。

为您读诗

Edward, Edward

Anonymous

1

"Why does your brand[1] so drop wi' blood,
　Edward, Edward,
Why does your brand so drop wi' blood,
　And why so sad go ye O?"
"O I have killed my hawk[2] so good,
　Mother, mother,
O I have killed my hawk so good,
　And I had no more but he O."

1. brand *n.* [诗] 剑；刀（此义在现代英语中已不用）
2. hawk *n.* 有时也拼写成 hawkie，在苏格兰方言中的意思是"牛"（cow），尤指额头上有白斑的牛，hawkie 是昵称。在 Percy 的《英诗辑古》中拼作 hawke。

2

"Your hawk's blood was never so red,
    Edward, Edward,
Your hawk's blood was never so red,
    My dear son, I tell thee O."
"O I have killed my red-roan[3] steed,
    Mother, mother,
O I have killed my red-roan steed,
    That erst[4] was so fair and free O."

3

"Your steed was old, and ye have got more,
    Edward, Edward,
Your steed was old, and ye have got more,
    Some other grief you bear O."
"O I have killed my father dear,
    Mother, mother,
O I have killed my father dear,
    Alas, and woe is me O!"

---

3. red-roan *adj.* 栗红色的，红棕色的
4. erst *adv.* [古] = before

4

"And what penance will ye do for that,
    Edward, Edward?
And what penance will ye do for that?
    My dear son, now tell me O."
"I'll set my foot in yonder boat,
    Mother, mother,
I'll set my foot in yonder boat,
    And I'll fare over the sea O."

5

"And what will ye do wi' your towers and your hall,
    Edward, Edward?
And what will ye do wi' your towers and your hall,
    That were so fair to see O?"
"I'll let them stand till they down fall,
    Mother, mother,
I'll let them stand till they down fall,
    For here never more may I be O."

6

"And what will ye leave to your bairns[5] and your wife,
Edward, Edward?
And what will ye leave to your bairns and your wife,
When ye go over the sea O?"
"The world's room[6], let them beg throw[7] life,
Mother, mother,
The world's room, let them beg throw life,
For them never more will I see O."

7

"And what will ye leave to your own mother dear,
Edward, Edward?
And what will ye leave to your own mother dear?
My dear son, now tell me O."
"The curse of hell[8] from me shall ye bear,
Mother, mother,
The curse of hell from me shall ye bear,
Such counsels ye gave to me O."

---

5. bairns *n.*（*pl.*）［苏］孩子们（children）
6. room *adj.*［古］= spacious
7. throw［苏］= through
8. the curse of hell: 最狠毒的诅咒，下地狱的诅咒。

爱德华，爱德华

无名氏

1

“为什么点点鲜血从你的刀刃滴下，
　　爱德华，爱德华，
为什么点点鲜血从你的刀刃滴下，
　　为什么你满面愁容不说话，啊？”
“啊，因为我把我那头心爱的牛刺杀，
　　母亲，母亲，
啊，因为我把我那头心爱的牛刺杀，
　　我仅有的一头牛，今后再也没有它，啊。”

2

“你那头牛的血绝不会这般鲜红，
　　爱德华，爱德华，
你那头牛的血绝不会这般鲜红，
　　我的亲儿子，为娘给你说实话，啊。”
“啊，我杀了我那匹红棕色的骏马，
　　母亲，母亲，
啊，我杀了我那匹红棕色的骏马，
　　在从前千里驰骋就数它，啊。”

3

“你那匹骏马早衰老，你已有更多的新骏马，
　　爱德华，爱德华，
你那匹骏马早衰老，你已有更多的新骏马，
　　定是有什么别的忧愁你放不下，啊。”
“啊，我杀了我的亲爸爸，
　　母亲，母亲，
啊，我杀了我的亲爸爸，
　　天哪！我真是痛苦已极无办法，啊。”

4

“那你打算怎样来悔过受惩罚，
　　爱德华，爱德华？
那你打算怎样来悔过受惩罚？
　　我的亲儿子，快快告诉你的妈，啊。”
“我要坐上那边的船儿离开家，
　　母亲，母亲，
我要坐上那边的船儿离开家，
　　我要远渡重洋走天涯，啊。”

5

“你怎样来对待你的高楼大厦，
　　爱德华，爱德华？
你怎样来对待你的高楼大厦，
　　它们富丽堂皇又高雅，啊？”
“我让它们任风吹雨打，自然垮塌，
　　母亲，母亲，
我让它们任风吹雨打，自然垮塌，
　　因为我再也不回这儿来了，啊。”

6

“你要给你的妻子儿女留点儿啥，
　　爱德华，爱德华？
你要给你的妻子儿女留点儿啥，
　　当你远渡重洋不回家，啊？”
“世界很大，就让他们一辈子去叫化，
　　母亲，母亲，
世界很大，就让他们一辈子去叫化，
　　因为我绝不会再见他们了，啊。”

7

“那你给你的亲妈留点儿啥，
　　爱德华，爱德华？
那你给你的亲妈留点儿啥？
　　我的亲儿子，快快告诉你的妈，啊。”
“你定会得到的是我诅咒你下地狱的话，
　　母亲，母亲，
你定会得到的是我诅咒你下地狱的话，
　　因为是你指使我把父亲谋杀，啊。”

译者后注

《爱德华，爱德华》在英国文学作品中，是一首非常著名的民间歌谣（popular ballad）。英国诗人托马斯·珀西（Thomas Percy，1729—1811）根据来自苏格兰的一份手稿的副本，将其收入他所编纂的《英诗辑古》（*Reliques of Ancient English Poetry*，1765）中，并注明它是一首苏格兰民谣。每首民谣都包含一个故事，包含一个十分简单的情节，通过客观的叙述或人物的对话，把这一充满戏剧性的情节勾绘出来。

由于古代的民谣是经众人传唱，代代相传，口头流传下来的，其作者是谁，已无从知晓。一首题目相同的民谣，其文字、内容往往也有差异。最初用方言拼写的词汇，到后来有的也改用后世的拼写方式，这样就使不谙早期方言的人们易懂易唱，《爱德华，爱德华》就是一例。

民谣的题材，有爱情故事、历史故事、罗宾汉故事、教会故事、家庭悲剧等。《爱德华，爱德华》就属于家庭悲剧。它通过母子二人的对话，直到最后才令人明白，原来就是母亲本人指使儿子杀害了他的父亲。梁实秋先生认为《爱德华，爱德华》这首民谣，反映出了母权社会的遗风。

原曲欣赏

Green Grow the Rashes[1]

By Robert Burns

Chorus

Green grow the rashes, O;
Green grow the rashes, O;
The sweetest hours that e'er[2] I spend,
    Are spent among the lasses, O.

There's nought[3] but care on ev'ry han'[4],
    In ev'ry[5] hour that passes, O;
What signifies the life o' man,

1. rash *n.* [苏]，同 rush（灯心草，又叫马莲、马兰、马蔺）。
2. e'er = ever
3. nought [nɒt, nɔ:t] ' 同 naught（零，无）
4. han' = hand [苏]，意指"人"，试比较汉语"人手不够"，这里的"人手"实际是指人。
5. ev'ry = every

An'[6] 'twere[7] na[8] for the lasses, O;
Green grow, & c.

The war'ly[9] race may riches chase,
An'[10] riches still may fly them[11], O;
An' tho'[12] at last they catch them fast[13],
Their hearts can ne'er enjoy them, O.
Green grow, & c.

But gie[14] me a cannie[15] hour at e'en[16],
My arms about my dearie[17], O;
An' war'ly cares, an' war'ly men,

---

6. An'［苏］，同 if 或 and, 在这里作 if 解。
7. 'twere = it were
8. na［nɑː］［苏］，同 no, not 或 nor, 在这里作 not 解。
9. war'ly［苏］，同 worldly，世俗的，追求财富的。
10. An'［苏］，此处作 and 解。
11. fly them: 逃避他们，从他们那儿跑掉。fly 的这一用法是口语的用法。例如：fly the country 意为"逃亡国外"。
12. tho' = though
13. fast *adv.* 牢固地
14. gie［苏］，同 give。
15. cannie［ˈkænɪ］［苏］*adj.* 快乐的，潇洒的，不心烦的
16. e'en *n.*［苏］，同 evening。
17. dearie *n.*［苏］，dear 的昵称，这里意为"亲爱的人儿，心肝，宝贝"。

May a' gae tapsalteerie[18], O!

Green grow, & c.

For you sae douce[19], ye sneer at this;

Ye're nought but senseless asses, O:

The wisest man the warl'[20] e'er saw ,

He dearly lov'd the lasses, O.

Green grow, & c.

Auld Nature swears, the lovely dears

Her noblest work she classes, O:

Her prentice han' she try'd[21] on man,

An' then she made the lasses, O.

Green grow, & c.

---

18. tapsalteerie [ˌtæpsəl'tiːərɪ] *adv.* [苏]，同 topsy-turvy [ˌtɔpsɪ'təːvɪ]（混乱地，乱七八糟地）。在此引申为“乾坤颠倒”“天翻地覆”。
19. douce *adj.* 稳重的，严肃的，正经的
20. warl' = world
21. try'd = tried

马莲草儿青又青

罗伯特·彭斯

合唱：
马莲草儿青又青，啊；
马莲草儿青又青，啊；
我度过的最甜蜜的时光，
　　是在姑娘们中间，啊。

人人都只有忧伤，
　　每时每刻都一样，啊；
人生还有啥意义，
　　若不是为了姑娘，啊。
马莲草儿青又青，啊；
……

世人把财富来追求，
　　财富依然会飞走，啊；
纵万贯家财终于拥有，
　　可心里一点儿也不能享受，啊。

马莲草儿青又青，啊；
……

只要晚上给我一小时清静的时候，
　　我就会把我那心爱的人儿来抱就，啊；
人间愁，世人忧，
　　管他天翻与地覆，啊！
马莲草儿青又青，啊；
……

你正派，把我笑，
　　你才真是蠢驴一条，啊；
古往今来的大智者，
　　谁个不把那姑娘亲，啊。
马莲草儿青又青，啊；
……

造化女神宣誓说，
　　她要把美人儿来制作，啊；
做男人，用徒弟的手艺先试尝，
　　然后她才正式做姑娘，啊。
马莲草儿青又青，啊；
……

译 者 后 注

《马莲草儿青又青》是彭斯诗作中的名篇。不仅是诗写得好，更主要的这是彭斯根据苏格兰的传统曲子写的歌词，而歌词与曲子搭配得又很完美。国外研究彭斯的专家，也认为这是难得的佳作。

我们今天来赏析这首诗时，应当想到它是18世纪苏格兰的一位农民出身的诗人写的一首民歌。想想当时那些苏格兰的农民，他们白天辛苦耕田犁地，到了晚上往往也会到乡间的酒吧去喝上一杯，在那儿少不了还会遇到几个有些野性的女人。在和她们唱唱闹闹中，辛苦的农民暂时得到了一些快乐，他们看穿了那些家财万贯的富人们，纵然有了钱财也难以真正享受的现实；他们还从历史故事中得知，自古英雄爱美人；他们也看透了那些道貌岸然的伪君子。农民们在和女人们打堆时，他们忘了人生中的一切忧愁，只觉得开心快乐，当然这只是眼前的，十分短暂的。当他们从那充满喧闹欢笑和酒香的酒吧出来，偏偏倒倒走在寒风吹拂的田径上，最后走到了自己的家，推门进入那间冷清破败昏暗的茅草屋时，马上想到的又是那明天辛苦的劳作，那又是他们另一种真正的人生了。

这首诗值得玩味的是，诗人在诗的最后语出惊人：用学徒的手艺先做男人，然后才去做女人。言下之意，诗人认为天下女人比男人美好，女人才配被称为造化女神的杰作。

为您读诗

Highland Mary

By Robert Burns

1

Ye banks, and braes[1], and streams around
The castle o' Montgomery[2],
Green be your woods[3] and fair your flowers[4].
Your waters never drumlie[5]!
There simmer[6] first unfauld[7] her robes,

---

1. brae *n.* 河边两岸上的山坡
2. Montgomery [mənt'gʌmərɪ] 诗中的"蒙哥马利城堡"在苏格兰艾尔郡（Ayrshire）的塔博尔顿镇（Tarbolton）附近。
3. Green be your woods: 这是虚拟语气用法，表祝愿，实际是 Your woods be green；把形容词 green 前置这种结构，具有强调的意味。
4. fair your flowers: 在 fair 与 your 之间省去了 be。
5. drumlie *adj.* [苏] 混浊的
6. simmer [苏] = summer
7. unfauld [苏] = unfold

And there the langest[8] tarry;
For there I took the last fareweel[9],
O'[10] my sweet Highland Mary.

2

How sweetly bloom'd the gay green birk[11],
How rich the hawthorn's blossom.
As underneath their fragrant shade
I clasp'd her to my bosom!
The golden hours on angel wings
Flew o'er me and my dearie;
For dear to me as light and life,
Was my sweet Highland Mary.

---

8. langest [苏] = longest
9. fareweel [苏] = farewell
10. o' = of
11. birk [苏] = birch 桦树

3

Wi'[12] monie[13] a vow and lock'd embrace
    Our parting was fu'[14] tender;
And, pledging aft[15] to meet again,
    We tore oursels[16] asunder;
But O! fell death's untimely frost,
    That nipt[17] my flower sae[18] early!
Now green's the sod, and cauld's[19] the clay,
    That wraps my Highland Mary!

---

12. wi' = with
13. monie［苏］= many
14. fu'= full
15. aft［苏］= oft［古，诗］= often
16. oursels［苏］= ourselves
17. nipt 是 nip 的过去式，意为“剪断”“摘取”（以阻碍其生长或生存），按现在用法其过去式应作 nipped。
18. sae［苏］= so
19. cauld［苏］= cold

4

O pale, pale now, those rosy lips,

I aft hae[20] kissed sae fondly!

And closed for ay[21] the sparkling glance,

That dwalt[22] on me sae kindly!

And mouldering now in silent dust,

That heart that lo'ed[23] me dearly!

But still within my bosom's core

Shall live my Highland Mary.

---

20. hae [heɪ, hæ] [苏] = have
21. ay [苏] = always
22. dwalt [苏] = dwelt
23. lo'ed = loved

高原玛丽

罗伯特·彭斯

1

你们，河岸、山坡和流水啊！环绕
　　蒙哥马利城堡！
愿你的树林常青，花儿常好，
　　终年清流浪滔滔！
也愿夏天首先在那儿展新装，
　　且在那儿停留得最长；
因为我曾在那儿最后告别
　　我那美丽的高原玛丽。

2

青青的桦树开满香花多喜气。
　　山楂花儿也盛开得多么艳丽。
就在这芬芳的花荫底下，
　　我把她紧紧搂在怀里。
黄金般的时刻插上了天使的翅膀，

飞过了我和我那亲爱人儿的头上；
因为对我珍如阳光和生命那样的，
就是我那美丽的高原玛丽。

3

多次的起誓和紧紧地拥抱，
我们的离别充满柔情多少！
我俩双双发誓要常相聚，
这样才依依不舍地离去。
可是啊！死亡严霜突降，
把我的花朵摧折、夭亡！
今朝啊！青草地冷黄泥，
覆盖着我那高原玛丽！

4

今朝啊！苍白了！苍白了！她那朱唇，
我曾常常多么热情地把它亲吻！
她那双明眸啊！也从此永闭，
它曾是多么温柔地把我凝视！
今朝啊！那颗曾深深爱过我的心
正在无言的黄土中化为泥！
但在我心田的深处，
将永远活着我那高原玛丽！

罗伯特·彭斯和他的高原玛丽

译 者 后 注

《高原玛丽》是彭斯诗歌中的名篇，它作于玛丽逝世六周年时（1792 年）。诗中主要描绘了 1786 年 5 月 14 日诗人与玛丽在艾尔河畔难舍难分话别的情景。表现了诗人对玛丽死后的追忆和悲痛心情，以及他对玛丽深埋心底、忠贞不渝的爱。

你们，河岸、山坡和流水啊！环绕蒙哥马利城堡！

Here's a Bottle

By Robert Burns

Here's a bottle and an honest friend!
What wad[1] ye wish for mair[2], man?
Wha[3] kens[4], before his life may end,
What his share may be o[5] care, man?
Then catch the moments as they fly,
And use them as ye ought, man!
Believe me, Happiness is shy,
And comes not ay[6] when sought, man!

1. wad = would
2. mair = more
3. wha = who
4. kens = knows
5. o = of
6. ay = always

这里是一瓶美酒

罗伯特·彭斯

这里是一瓶美酒，还有一位真诚的朋友！
试问你尚有何求，哥们儿？
谁会知道，在此生结束之前，
还会有啥烦恼和忧愁在心头，哥们儿？
那就让我们抓住眼前短暂飞逝的时光，
该怎样用你就怎样把它用上，哥们儿！
相信我说的话：人世间的欢乐总是羞羞答答，
它总是不会主动来的，除非你去找它，哥们儿！

译 者 后 注

这也可说是彭斯用苏格兰方言写成的一首短小的《将进酒》（"Drinking Toast"）。

其歌词所根据的原曲调，今已不可考。全诗读来，令人感受到18世纪苏格兰乡下劳动人民之间的那种真挚的友情和他们所具有的那种坦诚豪放的性格。

为您读诗　　原曲欣赏

John Anderson, My Jo[1]

By Robert Burns

1

John Anderson, my jo, John,
　　When we were first acquent[2];
Your locks were like the raven,
　　Your bonie brow was brent[3],
But now your brow is beld[4], John,
　　Your locks are like the snow,
But blessings on your frosty pow[5],
　　John Anderson, my jo!

---

1. jo *n.* [苏] 爱人。jo 由 joy 演变而来；joy 是“欢乐、高兴”之意，在中国古典诗歌中也有用“欢”来指自己所爱之人。
2. acquent *adj.* [苏] = acquainted 认识的
3. brent *adj.* [苏] = unwrinkled 没有皱纹的
4. beld *adj.* [苏] = bald 秃的
5. pow *n. adj.* [苏] = pate 脑袋，头

2

John Anderson, my jo, John,
    We clamb[6] the hill thegither[7];
And monie[8] a cantie[9] day, John,
    We've had wi' ane anither[10]:
Now we maun[11] totter down, John,
    And hand in hand we'll go,
And sleep thegither at the foot,
    John Anderson, my jo!

---

6. clamb *v.* [苏] = climbed 攀登
7. thegither [ðɪˈgɪðə] *adv.* [苏] = together 共同，一道
8. monie *adj.* [苏] = many 许多的
9. cantie *adj.* [苏] =jolly 欢快的，快乐的
10. wi' ane anither [苏] = with one another
11. maun [mɔːn] *vi.* [苏] = must

约翰 · 安德逊，我的心上人！

约翰·安德逊，我的心上人

罗伯特·彭斯

1

约翰·安德逊，我的心上人，约翰啊！
　　当年我俩初相识，
你的头发黑如漆，
　　前额丰满多英俊；
如今额秃生皱纹，约翰啊！
　　你的头发如霜雪；
我祝你满头白发，
　　约翰·安德逊，我的心上人！

2

约翰·安德逊，我的心上人，约翰啊！
　　当年我俩把山登，
多少欢乐的日子，约翰啊！
　　我们共享了无数美景良辰；

如今我俩得蹒跚把山下，约翰啊！
　　双双携手并肩行。
我俩将长眠山脚永相伴，
　　约翰·安德逊，我的心上人！

译者后注

《约翰·安德逊，我的心上人》这首抒情诗，是彭斯根据苏格兰早先的一支民歌的曲子来填写的歌词。这支曲子原来的歌词，内容有些粗俗，说一个女子抱怨她的男人身体不如过去，晚上久久呆坐不上床，早晨又迟迟起不了床。比这歌词更早的歌词，出现在英国诗人托马斯·珀西（Thomas Percy，1729—1811）编辑的《英诗辑古》（*Reliques of Ancient English Poetry*，1765）中，标题就是《约翰·安德逊，我的心上人》，只是歌词是以男女问答的方式，女的大胆承认她有七个孩子，都是她和五个野男人生的。正因为原歌词内容不好，所以彭斯只利用了原民歌的曲子，保留了原民歌的题目，自己完全重新作词，写成了这首表现老年夫妻忠贞不渝的爱情的诗篇。专家们都认为彭斯此举是点铁成金，化腐朽为神奇。在英诗中，描写年轻人如火如荼地爱得发狂的诗篇，写得好的有很多；然而描写老两口相濡以沫，经历了风风雨雨，同甘共苦到白头，他们不仅生同衾，更要死同穴的那种朴实、纯真的爱情的优秀诗篇，的确并不多见，因而彭斯的这首《约翰·安德逊，我的心上人》成了诗人传世的不朽之作。这首诗收入 1790 年 2 月詹姆士·约翰逊（James Johnson）所编的《苏格兰方言乐府》（*The Scots Musical Museum*）中。

为您读诗

Jephtha[1]'s Daughter

By George Gordon Byron

1

Since our Country, our God — Oh, my Sire[2]!
Demand that thy[3] daughter expire[4],
Since thy triumph was brought by thy vow —
Strike the bosom that's bared for thee now!

---

1. Jephtha [ˈdʒefθə] 耶弗他（“耶弗他”是据希伯来文的读音译的）
2. Sire [ˈsaɪə] *n.* [古] [诗] 父
3. thy [古] = your
4. expire *vi.* 气绝；死亡（= to breathe one's last breath; die）

2

And the voice of my mourning is o'er,

And the mountains behold me no more[5]:

If the hand that I love lay me low,

There cannot be pain in the blow!

3

And of this, Oh, my Father! be sure —

That the blood of thy child is as pure

As the blessing I beg ere it flow,

And the last thought that soothes me below[6].

---

5. 根据“士师记”第 11 章第 37—39 节，耶弗他的女儿要求她的父亲容许她和她的同伴们到山里去两个月，在那里哀哭她“终为处女”。两月期满，她回到城里，然后壮烈献身。为什么耶弗他的女儿会因她“终为处女”而痛哭？据有关资料解释，当时以色列人的风俗，认为如女子未出嫁，或出嫁后没有生儿育女，是妇女一生中莫大的耻辱。在“士师记”第 11 章第 40 节还说：（在耶弗他的女儿为父捐躯作燔祭之后）“此后以色列中有个规矩，每年以色列的女子去为基列人耶弗他的女儿哀哭四天。”
6. below *adv.* 在阴曹地府

4

Though the virgins of Salem[7] lament,
Be the judge and the hero unbent!
I have won the great battle for thee,
And my Father and Country are free!

5

When this blood of thy giving hath[8] gush'd,
When the voice that thou lovest is hush'd,
Let my memory still be thy pride,
And forget not I smiled as I died!

---

7. Salem [ˈseɪləm] *n.* 即 Jerusalem [dʒəˈruːsələm]，耶路撒冷城的古名称。
8. hath [古] has

耶弗他的女儿

乔治·戈登·拜伦

1

既然我们的祖国，我们的上帝，——啊，我的爹爹！
要你的女儿废命捐躯；
既然你因起誓才得胜疆场，
那就快把钢刀刺进女儿为你袒开的胸膛！

2

我悲痛的哭声已停，
高山再也见不到我的身影，
假如我被心爱的亲人之手杀害，
一刀刺来那就不会有痛苦存在。

3

请你相信，啊！我的爹爹！
你的女儿洒流的鲜血是这般纯洁：
有如我祈神赐的福在我临终之前，
有如我最后的思绪使我瞑目九泉。

4

纵然撒冷城中的少女们在痛哭哀号，
你定要无愧于士师、英雄毫不动摇！
我已使你在战斗中打败了敌酋，
我的父亲和祖国已获得了自由！

5

当你赋予我的热血已经流尽，
当你爱听的声音已沦为沉静，
让我留下的记忆依然是你的骄傲，
别忘了女儿死时嘴角还挂着微笑！

译者后注

《耶弗他的女儿》是拜伦根据《圣经》中“士师记”里记录的一个故事写成的。这故事十分悲壮感人，载“士师记”（The Book of Judges）第 11 章。故事叙述，当亚扪人攻打以色列时，基列人的长老们就到山中去请基列人大能的勇士耶弗他出山，希望他带领他们去抵御亚扪人的进攻。耶弗他出来时就向神许愿说，如果神助他打败亚扪人，他得胜归来时第一个来欢迎他的人，无论是谁，就必定归神，他定要将他献上作为燔祭。果然耶弗他打败了亚扪人，然而打起手鼓跳着舞来欢迎他的人群中走在最前面的，正是他自己亲生的独生女儿。耶弗他见此情景，感到悲痛万分，但自己已经向神发过誓，就必须执行。因而产生了这一悲壮动人的惨剧，而他的女儿则视死如归，主动要求父亲不要翻悔自己的誓言。拜伦就是据此写出了这首悲壮感人的小诗。

为您读诗

Love's Philosophy

By Percy Bysshe Shelley

1

The fountains mingle with the river
　　And the rivers with the ocean,
The winds of heaven mix for ever
　　With a sweet emotion;
Nothing in the world is single,
　　All things by a law divine[1]
In one another's being[2] mingle —
　　Why not I with thine[3]?

1. by a law divine = by a divine law
2. being *n.* 生命；生存；存在
3. thine = your being

2

See the mountains kiss high heaven
	And the waves clasp one another;
No sister-flower would be forgiven
	If it disdain'd its brother;
And the sunlight clasps the earth,
	And the moonbeams kiss the sea —
What are all these kissings worth,
	If thou kiss not me?

爱的哲学

波西·比希·雪莱

1

泉水汇合大江，
　　大江汇合海洋；
空中的风儿永远混在一块儿，
　　而且具有一种甜蜜的情怀。
世上一切原非形单影只
　　万物都由那神圣的法则
把它们彼此结合在一起 ——
　　可我俩为何不莲开并蒂？

2

你看那巍巍群山吻高空，
　　你看那滚滚波涛相抱拥；
姊妹花若轻蔑了自己弟兄，
　　那她就一定不会被人宽容。
你看那阳光拥抱着大地，
　　月光亲吻着海洋相偎依——
可这一切的吻又值什么，
　　如果你不吻我？

译者后注

《爱的哲学》这首抒情诗发表于1819年12月22日。诗人通过对大自然景物的观察，认为大自然中万事万物都成双成对，互相结合，于是便向自己所追求的爱人发问，为什么他不能和她相结合。在诗的后一半中，诗人又通过高山吻苍穹、波涛相抱拥等，说明自然界中没有生命的景物都表现得如此亲密多情，你为什么不该来和我相爱。全诗语言朴实、生动、自然，充分显示了诗人想象的丰富。《爱的哲学》是雪莱非常出色的抒情诗，亲切感人，给人以一种言虽尽而意无穷的感受。

为您读诗

Lord Ullin's Daughter

By Thomas Campbell

1

A Chieftain to the Highlands bound[1]
    Cries "Boatman, do not tarry[2]!
And I'll give thee a silver pound
    To row[3] us o'er the ferry[4]!"

1. bound *adj.* 预定前往……的；往……的途中
2. tarry *vi.* 迟延，耽搁（= delay）
3. To row = For rowing
4. ferry [ˈferɪ] *n.* 渡口

2

"Now who be ye[5], would[6] cross Lochgyle[7],
    This dark and stormy water?"
"O I'm the chief of Ulva's[8] isle,
    And this[9], Lord Ullin's daughter.

3

"And fast before her father's men
    Three days we've fled together,
For should he[10] find us in the glen,
    My blood would stain the heather.

---

5. be ye = are you
6. would = that would
7. Lochgyle［lɒkˈdʒaɪl］*n.* 即"基尔湾"（Loch na Keal），是阿尔弗（Ulva［ˈʌlvə］）小岛与马耳岛（Mull［mʌl］）之间的狭窄的海湾。Loch 是一个盖尔语（Gaelic）单词。盖尔语属于凯尔特语（Celtic）的古爱尔兰语，苏格兰高地（Highland）人被叫作盖尔人（Gael）。Loch 这个词有两个意义：（1）狭窄的海湾；（2）内陆湖泊。loch 的读音为［lɒtʃ］或［lɒk］。
8. Ulva *n.* 在马耳岛西面的一个很小的岛屿，长约五英里。
9. this = this is
10. should he: 这里是虚拟语气的用法，相当于"if he should"。

4

"His horsemen hard behind us ride[11] —
Should they our steps discover,
Then who will cheer my bonny bride
When they have slain her lover?"

5

Out spoke[12] the hardy Highland wight[13],
"I'll go, my chief, I'm ready!
It is not for your silver bright,
But for your winsome lady!

6

"And, by my word, the bonny bird[14]
In danger shall not tarry;
So, though the waves are raging white
I'll row you o'er the ferry."

---

11. hard behind us ride = ride hard behind us, 试比较汉语中的"穷追不舍"。hard *adv.* 拼命地；接近地。引申为"紧"。
12. Out spoke: 这里把 out 置于 spoke 之前，含有强调的意味，表示船夫"激动地说出"。
13. wight *n.* 人
14. bird = maiden 姑娘，少女

7

By this the storm grew loud apace,
    The water-wraith[15] was shrieking;
And in the scowl of heaven each face
    Grew dark as they were speaking.

8

But still as wilder blew the wind,
    And as the night grew drearer,
Adown the glen rode armed men,
    Their trampling sounded nearer.

9

"O haste thee[16], haste!" the lady cries,
    "Though tempests round us gather;
I'll meet the raging of the skies,
    But not an angry father."

15. water-wraith *n.* 水鬼，淹死者的阴魂。wraith [reɪθ] *n.* 亡魂，幽灵。

16. haste thee = make haste

10

The boat has left a stormy land,
　　A stormy sea[17] before her, —
When, Oh! Too strong for human hand
　　The tempest gather'd o'er her.

11

And still they row'd amidst the roar
　　Of waters[18] fast prevailing[19].
Lord Ullin reach'd that fatal shore, —
　　His wrath was changed to wailing.

12

For, sore dismay'd, through storm and shade[20]
　　His child he did discover! —
One lovely hand she stretch'd for aid,
　　And one was round her lover.

---

17. A stormy sea = With a stormy sea
18. waters *n.*（*pl.*）波浪
19. prevailing *adj.* 占了上风的
20. shade *n.* 昏暗，阴暗（如暮色，暮霭）

13

"Come back! Come back!" he cried in grief,
"Across this stormy water;
And I'll forgive your Highland chief,
My daughter! — O my daughter!"

14

'Twas vain: the loud waves lash'd the shore,
Return or aid preventing[21]:
The waters wild went o'er his child,
And he was left lamenting.

21. Return or aid preventing = Making both return or aid impossible

艾林爵士之女

托马斯·坎贝尔

1

高地一酋长，急欲返故乡。
　　海边唤舟子："船夫！莫延宕！
我愿付船钱，整整一银镑，
　　只求将我俩，送到彼岸上。"

2

"尔俩是何人，此时过海湾，
　　不见大海里，惊涛骇浪翻？"
"阿尔弗岛屿，乃是我领地；
　　身旁此小姐，艾林爵士女。

3

伊父率追兵，跟踪在后边，
　　我俩同逃命，为时已三天。
倘若山谷里，发现我与伊，
　　可怜七尺躯，血染石南地。

4

伊父领人马，随后紧追赶，
　　我俩留足迹，倘若被发现，
我为刀下鬼，为伊死无怨。
　　谁怜我新妇，为伊展愁颜？”

5

勇敢高地人，船夫把话讲：
　　“酋长，我愿去，诸事已妥当。
渡尔不图财，不为白银亮，
　　实缘你身边，窈窕美娇娘。

6

酋长请听讲，小姐陷危难，
　　生死在眼前，焉能再迟延。
纵然在此刻，大海掀狂澜，
　　我亦无所惧，送汝到对岸。”

7

海风声呼啸，啸声阵阵高，
　　水鬼也四出，凄厉尖声叫。
天公显怒容，空中乌云漫，
　　三人谈话时，脸色转阴暗。

8

黑夜越临近，海上显苍茫，
　　晚来风越紧，狂风刮更狂。
爵士带兵丁，驱马把山下，
　　耳听声更近，马蹄响哒哒。

9

“船夫！快开船！”小姐惊催叫，
　　“纵然风雨狂，我也不计较。
我愿面天公，哪管他发怒，
　　不愿见我那，愤怒亲生父。”

10

小船离了岸，岸上风雨狂，
　　掉头向大海，海中掀恶浪。
头上风呼啸，风大浪又高，
　　来势太凶猛，舟子舵难操。

11

茫茫大海上，扁舟陷波涛，
　　舟子不畏死，依旧奋力摇。
死亡鬼渡头，艾林爵士到，
　　万丈胸中火，顿化作哀号。

12

满怀惊恐望，风雨暗海洋，
　　透过雨和雾，终见女儿样：
一手高高举，意在求援助，
　　一手抱情郎，紧紧相依附。

13

“归来！快归来！”老父声悲怆，
　　“穿过风和浪，回到我身旁。
为父愿息怒，宽恕你酋长，
　　小女啊！小女！爹爹痛断肠！”

14

一切均枉然，海涛拍岸响，
　　来去均受阻，空存好愿望。
巨浪似山倾，扁舟被埋葬，
　　唯余老爵士，嚎啕海岸上。

译者后注

托马斯·坎贝尔创作的《艾林爵士之女》，早在1795年当他在马耳岛（Mull）时就开始构思了。但是这首以民谣形式创作的诗篇，直到9年之后，即1804年才得以完成，1809年与读者见面。诗中叙述的这一悲剧，发生在苏格兰的西海岸。诗以对话形式出现，总共出场发言的有四人：豪爽勇敢的船夫，阿尔弗小岛的酋长，艾林爵士和他的女儿。诗人通过语言的生动描绘，表现出了他对酋长与爵士女儿的同情，对船夫不顾个人安危、帮助他人脱险的崇高行为的赞扬，以及对要包办女儿婚姻，到头来追悔莫及的爵士的间接谴责。诗中船夫果敢、坚决、勇敢、豪爽的性格，通过船夫简洁生动的语言，表现得栩栩如生，令读者为之肃然起敬。

为您读诗

My Heart's in the Highlands

By Robert Burns

Chorus

My heart's in the Highlands, my heart is not here,
My heart's in the Highlands a-chasing[1] the deer,
A-chasing the wild deer and following the roe[2] —
My heart's in the Highlands, wherever I go!

1

Farewell to the Highlands, farewell to the North,
The birthplace of valour, the country of worth!
Wherever I wander, wherever I rove,
The hills of the Highlands for ever I love.

---

1. a-chasing 由 chasing 加前缀 a-，有加强语气的作用。可比较 arise。
2. roe *n.* 也叫 roe deer，形似鹿，但叫作“獐”，无角，体形较小。

2

Farewell to the mountains, high cover'd with snow,
Farewell to the straths[3] and green valleys below,
Farewell to the forests and wild-hanging woods[4],
Farewell to the torrents and loud-pouring[5] floods!

Chorus

My heart's in the Highlands, my heart is not here,
My heart's in the Highlands a-chasing the deer,
A-chasing the wild deer and following the roe —
My heart's in the Highlands, wherever I go!

3. strath *n.* 苏格兰高地的平坦宽阔的河谷
4. wild-hanging woods: 天然生长着的枝桠纵横的树林
5. loud-pouring: 发出巨大声响倾注的

我的心呀，在高原

罗伯特・彭斯

合唱：

我的心呀，在高原！我的心呀，不在此间！
我的心呀，在高原！追逐着麋鹿，
追着野鹿，也跟踪着獐子——
不管我去到哪里，我的心呀，在高原！

1

别了啊，高原！别了啊，北方！
豪情诞生的国土，美德发祥的乡邦！
不管我漫游何处，不管我浪荡何方，
我永远热爱高原的山岗。

2

再见吧！白雪覆盖的高山！
再见吧！深谿和翠谷！
再见吧！森林和苍崖！
再见吧！如注的山洪，轰鸣澎湃！

合唱：
我的心呀，在高原！我的心呀，不在此间！
我的心呀，在高原！追逐着麋鹿，
追着野鹿，也跟踪着獐子——
不管我去到哪里，我的心呀，在高原！

译 者 后 注

《我的心呀，在高原！》这首诗，表现诗人热爱故土，远方游子思念苏格兰北部山区家乡的情怀。这首诗原文流畅又很富音乐性，吟诵起来令人感到好似高原上那不舍昼夜滚滚奔流的溪河。

彭斯在苏格兰艾尔郡附近的出生地

为您读诗

Maid of Athens, Ere[1] We Part

Ζῶη μού, δᾶς ᾶγαπῶ[2]

By George Gordon Byron

1

Maid of Athens, ere we part,
Give, oh, give me back my heart!
Or, since that has left my breast,
Keep it now, and take the rest!
Hear my vow before I go,
Ζῶη μού, δᾶς ᾶγαπῶ.

---

1. ere [eə] *prep.* [古] = before 在……之前
2. 这里的副标题拜伦用的是希腊语。读作 [ˈzuːiːmuːˈsæzˈægəˈpəʊ]，用英语来拼写可以是：Zoe mou, sas agapo! 这句话译成英语是：My life, I love you!

2

By those tresses unconfined,

Woo'd by each Aegean[3] wind;

By those lids whose jetty fringe

Kiss thy soft cheeks' blooming tinge;

By those wild eyes like the roe,

Zῶη μού, δᾶς ἀγαπῶ.

3

By that lip I long to taste,

By that zone-encircled[4] waist;

By all the token-flowers[5] that tell

What words can never speak so well;

By love's alternate joy and woe,

Zῶη μού, δᾶς ἀγαπῶ.

---

3. Aegean [i(:)'dʒi:ən] *adj.* 爱琴海的
4. zone-encircled *adj.* 带子环绕着的
5. token-flowers *n.* 表征（爱情、友谊等的）花朵。token 有"信物""纪念品"的意思。

4

Maid of Athens! I am gone:

Think of me, sweet! When alone.

Though I fly to Istanbol[6],

Athens holds my heart and soul:

Can I cease to love thee[7]? No!

Ζῶη μού, σᾶς ἀγαπῶ.

---

6. Istanbol [ˌɪstæn'bəʊl] *n.* 同 Istanbul [ˌɪstæn'bu:l]，伊斯坦布尔，土耳其西北部港口城市，旧称 Constantinople [ˌkɒnstæntɪ'nəʊpl]（君士坦丁堡），古罗马时叫 Byzantium [bɪ'zæntɪəm]（拜占庭）。
7. thee [ði:] [古] = you

雅典的姑娘，我俩分别前

你是我的生命，我爱你

乔治·戈登·拜伦

1

雅典的姑娘，我俩分别前，
还我吧，唉！请把我的心还回我心间！
否则，既然它早已不在我这里，
你就留着它吧，剩下的这点儿也请拿去！
请听我临行前向你起誓：
你是我的生命，我爱你！

2

我凭着你那潇洒、飘柔的长发，
爱琴海上吹来的风在追求着它；
我凭着你那长有乌黑睫毛的眼睛，
睫毛吻着你那柔嫩双颊上的红晕；
我凭着你那灵动似鹿儿的明眸，向你起誓：
你是我的生命，我爱你！

3

我凭着你那我渴望亲吻的朱唇，
我凭着你那裙带儿紧束的腰身；
我凭着一朵朵传情寄意的鲜花，
世上的任何语言也都胜不过它；
我凭着爱情中的时悲时喜，向你起誓：
你是我的生命，我爱你！

4

雅典的姑娘，我就要离开你的身旁，
想着我吧，亲爱的，当你独守空房时。
虽然我飞奔向伊斯坦布尔城，
雅典却勾住了我的心和灵魂。
我能不爱你吗？不会的！
你是我的生命，我爱你！

译 者 后 注

《雅典的姑娘，我俩分别前》是拜伦在1810年初访问希腊在雅典时所作。他在1810年3月由雅典赴伊斯坦布尔，在那儿大概逗留了两个月，然后又返回到雅典。我们现在从艺术家 H. W. Williams 所作的《希腊、意大利等国游记》中可以得知，拜伦诗中的这位雅典姑娘是谁，长得怎么样，因为这位艺术家在拜伦访问雅典七年之后，也去了雅典，而且就住在拜伦七年前在雅典时所租的住所，女房东也是原来那位英国驻希腊副领事的遗孀，她名叫 Theodora Macri。她有三位千金，大女儿名叫 Theresa［tɪˈriːzə］Macri，她就是拜伦诗中所说的“雅典的姑娘”。三位千金都是中等身材，大姐、二姐都是黑头发黑眼睛，三个人都有鹅蛋形的脸，面色略微苍白，齿白如珠贝。这是 H. W. Williams 当时见到的情况。据资料，Theresa 后来嫁给了一位姓 Black 的先生，他是在 Mesolonghi［mesəˈlɒŋgɪ］领事馆工作的英国人。Theresa 的丈夫死后，她晚景凄凉，陷入贫困。1875年10月15日她去世，终年80岁。拜伦写诗送给她时，她才15岁，当时拜伦22岁。这首诗最初在1812年发表。

为您读诗

One Stanza from *Don Juan*

By George Gordon Byron

Canto One, Stanza cxcv

You will proceed[1] in pleasure, and in pride,
Beloved and loving many; all is o'er
For me on earth, except some years to hide
My shame and sorrow deep in my heart's core:
These I could bear, but cannot cast aside
The passion which still rages[2] as before, —
And so farewell — forgive me, love me — No,
That word is idle[3] now — but let it go.

1. proceed *vi.* = continue
2. rage *vi.*（感情）激荡
3. idle *adj.* 无用的，无意义的

选自《唐·璜》中第 1 章第 195 节

乔治·戈登·拜伦

君依旧歌舞欢场，气宇轩昂，
娇娘爱君，君爱娇娘。
世事于我已成空，
唯余可数岁月，深埋羞愧悲痛在心中。
羞愧悲痛皆能忍，
最难抛却至今如火往日情。——
从此道别 —— 求宽恕，仍爱侬，—— 否，
爱侬此语已无用，—— 罢、罢、罢，各西东。

译 者 后 注

《唐·璜》（*Don Juan*）（英语读作［ˌdɒnˈdʒuːən］，西班牙语读作［ˌdɒnˈhwɑːn］）是拜伦的杰作。这里选的是该诗第 1 章第 195 节，是 Donna Julia 被送到修道院后写给 Don Juan 的一封情书中的一段。Donna Julia（23 岁）嫁给的是 Don Alfonso（50 岁）。他们都是 Don Juan（16 岁）和他的母亲 Donna Inez 的朋友。Julia 爱上了 Don Juan，他们私通的丑事被 Julia 的丈夫发现，Julia 与 Alfonso 便离了婚。Julia 被送到修道院。Don Juan 的母亲觉得儿子出了丑，决定请位教师并带上仆人将独生子送到国外去游学。也就是在这样的背景下，Julia 从修道院写了一封情书给 Don Juan。这里选的虽然只是该情书中的一部分，只有短短八行，拜伦却把 Julia 当时内心的眷恋、羞愧、无奈的爱的思绪（也通过对破折号的巧妙运用），把一位多情少妇的复杂心情，表现得淋漓尽致，十分感人。

为您读诗

Oh! Breathe[1] Not His Name

By Thomas Moore

1

Oh! Breathe not his name, let it sleep in the shade[2],
Where cold and unhonour'd his relics are laid:
Sad, silent, and dark, be the tears that we shed,
As the night-dew that falls on the grass o'er[3] his head.

2

But the night-dew that falls, though in silence it weeps,
Shall brighten with verdure[4] the grave where he sleeps;
And the tears that we shed, though in secret it rolls,
Shall long keep his memory green[5] in our souls.

---

1. breathe *vt.* 低声说出
2. shade *n.* 阴间，冥界
3. o'er [ˈəʊə] *prep.* = over
4. verdure [ˈvəːdʒə] *n.* 绿，（尤指草木的）新绿
5. green *adj.*（记忆等）新的。例：a memory yet green 记忆犹新

啊！不用轻声呼唤他的名字

托马斯·穆尔

啊！不用轻声呼唤他的名字，就让它长眠在泉壤，
在那儿，冷冷清清，没有荣耀，他的遗骸被埋葬：
让我们洒下的眼泪啊，暗暗、悄悄、凄凉，
就宛如那降落在他坟头小草上的夜露一样！

然而那降落的夜露，虽是在寂静中哭泣悲伤，
却定会以一片新绿，来把他长眠的孤坟照亮；
我们洒下的颗颗泪珠啊，虽是在暗中滚淌，
却定会把他的英容，久久铭刻在我们心上。

译者后注

《啊！不用轻声呼唤他的名字》一诗，乃是诗人为悼念爱尔兰的抗英爱国志士罗伯特·艾麦特（Robert Emmet，1778—1803）而作。1801年爱尔兰被强行合并，爱尔兰人民不服从，因而在1803年爆发了抗英斗争，艾麦特在都柏林发动了反抗英国统治的起义，但遭到了英国当局的镇压，艾麦特被俘，最后被处以绞刑。在绞刑架下，艾麦特临死前发表了激动人心的爱国演说，因而被爱尔兰人民尊为伟大的爱国主义英雄。原诗短短八行，感情真挚，爱恨分明，动人心弦，激人斗志，沉默里寓怒吼，悲痛中聚力量，诗人对革命的未来满怀胜利信心，大有“于无声处听惊雷”之慨。这里的英文原文系据1915年牛津版葛德列（A. D. Godley）所编之《托马斯·穆尔诗歌集》。

为您读诗

On the Grasshopper and Cricket

By John Keats

The poetry of earth is never dead:
When all the birds are faint with the hot sun,
And, hide in cooling trees, a voice will run
From hedge to hedge about the new-mown[1] mead[2];
That is the Grasshopper's — he takes the lead
In summer luxury, — he has never done
With his delights; for when tired out with fun,
He rests at ease beneath some pleasant weed.
The poetry of earth is ceasing never:
On a lone winter evening, when the frost
Has wrought[3] a silence, from the stove there shrills
The Cricket's song, in warmth increasing ever,
And seems to one, in drowsiness half lost,
The Grasshopper's among some grassy hills.

---

1. new-mown *adj.* 刚被修剪过的
2. mead［古、诗］*n.* = meadow
3. wrought［古，work 的过去式及过去分词］*vt.* 被打成形的（worked）

蝈蝈和蟋蟀

约翰·济慈

大地上的诗歌永不亡：
　　当烈日把鸟儿们晒得头晕脑胀，
　　都飞到荫凉的树上躲藏，有一种声音
来自刚剪过的草地，沿着一道道竹篱，
这就是蝈蝈的声音 —— 他领先歌唱
　　在夏日美好的时光 —— 他那种欢乐
　　从来就没有个完；当他玩得有点儿疲乏
便躺在舒适的草叶底休息一下。
大地上的诗歌永不停：
　　在寂寞的冬夜，当严霜带来一片沉静，
　　从火炉边便传来了那蟋蟀清脆的歌声，
这歌声越唱越欢腾，
　　它对那已半入梦乡的人
　　好像是那蝈蝈的歌声来自那青山草坪。

译者后注

《蝈蝈和蟋蟀》是济慈一首著名的十四行诗。1816 年 12 月的一天，济慈在友人 Leigh Hunt 的屋中，他们忽然听见从壁炉处传来蟋蟀清脆的叫声，于是二人决定以“蝈蝈和蟋蟀”为题，各自写一首十四行诗，这就是这首诗的由来。诗的中心思想是美不必刻意去寻找，它就存在于真实的生活和大自然之中。济慈的这首诗，可与杜甫的《促织》比照读：“促织甚微细，哀音何动人。草根吟不稳，床下夜相亲。久客得无泪，放妻难及晨。悲丝与急管，感激异天真。”

为您读诗

O, Were My Love[1] Yon Lilac Fair

By Robert Burns

1

O, were my love yon lilac fair
    Wi' purple blossoms to the Spring[2],
And I a bird to shelter there,
    When wearied on my little wing.

2

How I wad[3] mourn when it was torn
    By Autumn wild and Winter rude!
But I wad sing on wanton wing,
    When youthfu' May its bloom renew'd.

---

1. O, were my love = O, if my love were
2. to the Spring = in the Spring
3. wad [苏] = would

3

O, gin[4] my love were yon red rose,
　　That grows upon the castle wa'[5],
And I mysel'[6] a drap[7] o' dew
　　Into her bonie breast to fa'[8]!

4

O, there, beyond expression blest,
　　I'd feast on beauty a'[9] the night,
Seal'd on her silk-saft[10] faulds[11] to rest,
　　Till fley'd[12] awa' by Phoebus'[13] light!

---

4. gin *conj.* ［苏］= if
5. wa'= wall
6. mysel' ［苏］= myself
7. drap *n.* ［苏］= drop
8. fa'=fall 关于这行诗歌，可参看英国玄学派诗人之一 Andrew Marvell（1621—1678）的诗句：
"See, how the orient dew,
Shed from the bosom of the morn,
Into the blowing roses." —— From *A Drop of Dew*
9. a' = all
10. silk-saft ［苏］= silk-soft 像丝绸那样柔软、光滑的
11. faulds ［苏］= folds 彭斯在这里用了 faulds，语意双关，因为 folds 既可指衣服上的"褶子"，也可指人身体上有（解剖学上叫作）"皱襞"的部位。因此，对 faulds 可以有两种理解。
12. fley'd ［苏］= scared 把……吓跑（后接副词 away）
13. Phoebus［ˈfiːbəs］*n.* 希腊神话中的太阳神，也就是 Appolo［əˈpɒləu］（阿波罗）。但 Phoebus 在这里意指太阳。

啊，我爱若是美丁香

罗伯特·彭斯

1

啊，我爱若是美丁香，
　　春来紫色花茫茫；
我是小鸟飞疲倦，
　　遂向花丛把身藏。

2

秋来肃杀冬凛冽，
　　摧折丁香我心伤！
五月春光花又放，
　　我飞天际歌声扬。

3

啊，我爱若是红玫瑰，
　　城堡墙头吐芬芳，
我是晶莹一滴露，
　　端端滴进她胸膛！

4

啊，那儿欢乐难言讲，
　　饱餐秀色整晚上；
紧贴罗裙相偎依，
　　把我惊跑是朝阳。

译 者 后 注

《啊，我爱若是美丁香》这首诗包含四个诗节，其中头两个诗节是彭斯创作的，后两个诗节是旧有的苏格兰民歌歌词，据说彭斯对后两个诗节特别欣赏。我想他之所以特别欣赏，是因为它们雅俗共赏。

这里的译文是我的旧译。这些年来，我一直为它其中的一个词所困扰，因为 faulds（即 folds）这个词有双关的意思（见注释）。我原将其译作“罗衫”，始终觉得不满意，虽然罗衫上自然有“褶子”，可是它还有不好明译出的不雅之意，所以我现在把“罗衫”改作“罗裙”，因为女子的裙子中就有一种“百褶裙”。在 18 世纪苏格兰的乡下，青年男女是比较开放的，常在晚上相约到田边地头幽会。好似中国古时诗词中所描述的，“月上柳梢头，人约黄昏后”。据我从前读到的有关资料的记载，在像彭斯那样的青年农民之中，他们在当时就成立有单身汉农民的组织，订立有严格的选举章程，规定领导成员的人数和任期等。

为您读诗

On His Deceased Wife

By John Milton

Methought[1] I saw my late espoused saint
Brought to me like Alcestis[2] from the grave,
Whom Jove's great son to her glad husband gave,
Rescued from Death by force, though pale and faint.
Mine[3], as whom washed from spot of child-bed taint
Purification in the Old Law did save;

---

1. methought 是 methink 的过去式，是个无人称动词，它的意思是 "It seemed to me (that)"。
2. Alcestis [æl'sestɪs] 希腊神话中人物，她是国王 Admetus [æd'mi:təs] 的妻子。国王患病，神使对 Alcestis 说，除非有人愿替国王死，否则他必病死。其他的人都不愿为国王去死，以换取国王活命。Alcestis 听了神使的话后，欣然愿为丈夫去死，以赎丈夫之命，延长其寿数。在 Alcestis 下葬这天，大力神赫拉克勒斯（Heracles ['herəkli:z]）不期而至，被 Alcestis 的行为深深感动，遂与死神在 Alcestis 的坟墓处搏斗，死神不敌，大力神终将 Alcestis 从阴曹地府夺回人间，送还给她的丈夫，国王 Admetus。
3. mine = my wife，这里指因分娩而死的 Catherine。关于 "Purification in the Old Law" 以及 "washed from spot of child-bed taint" 可参看旧约《圣经》"利未记"（Leviticus）第 12 章第 1 ~ 8 节，关于 "the purification of women"。

And such as yet once more I trust to have
Full sight of her in Heaven without restraint,
Came vested all in white, pure as her mind.
Her face was veiled; yet to my fancied sight[4]
Love, sweetness, goodness, in her person shined
So clear, as in no face with more delight.
But, oh! as to embrace me she inclined,
I waked, she fled, and day brought back my night.

---

4. to my fancied sight: 因为 Milton 已双目失明，无法看见外界的东西，只有凭他想象的目光去看。这首诗的最后两行，十分感人，对于盲人来说，在睡梦中他能见到的一切，醒来时反而只有一片黑暗。弥尔顿的这首十四行诗，可参照唐代诗人韦庄的《女冠子》词并读："昨夜夜半，枕上分明梦见。语多时。依旧桃花面，频低柳叶眉。半羞还半喜，欲去又依依。觉来知是梦，不胜悲。"

梦亡妻

约翰·弥尔顿

我似见送归来似圣徒亡妻，
有如天帝之子奋力将阿尔塞蒂丝
从阴曹地府强夺回，送还其夫，夫心喜，
伊纵然色似死灰，奄奄一息。
吾妻得救矣！按古法规教义，
产蓐血污已净洗，
故我更深信不疑，
定将伊漫自端详天堂里，重相聚。
来时著白衣，纯洁似伊心灵，
纱蒙面，看来仿佛又依稀，
情、美、善，来自伊身，光彩照人，
何处芳容能有这般欣喜。
怎料得！伊俯身正欲将我抱诉衷情，
我醒，伊遁，白昼又还我茫茫黑夜。

译者后注

弥尔顿留下的十四行诗不多，屈指可数。这里所选的《梦亡妻》（“On His Deceased Wife”）是其中的一首。从诗的标题可知，这个题目是后人加上去的。这首诗被认为是弥尔顿唯一的一首爱情诗。这里的“亡妻”是诗人的第二任妻子，名叫 Catherine Woodcock，1656 年 11 月 12 日与双目失明的弥尔顿结婚，1657 年 10 月 29 日生一女。Catherine 因病于次年 2 月身亡，其女亦于 3 月夭折。据专家推测，《梦亡妻》作于 1658 年。从诗中，可见弥尔顿对 Catherine 怀有深沉的爱。这首诗的调子相当低沉，是弥尔顿的其他诗中所罕见的。

为您读诗

Sea-Fever

By John Edward Masefield

1

I must go down to the seas again, to the lonely sea and the sky,
And all I ask is a tall ship and a star to steer her by,
And the wheel's kick[1] and the wind's song and the white sail's shaking,
And a gray mist on the sea's face and a gray dawn breaking.

2

I must go down to the seas again, for the call of the running tide
Is a wild call and a clear call that may not be denied;
And all I ask is a windy day with the white clouds flying,
And the flung spray and the blown spume, and the seagulls crying.

---

1. wheel's kick:（转动）舵轮（时产生）的回震

3

I must go down to the seas again, to the vagrant gypsy[2] life,
To the gull's way and the whale's way where the wind's like a whetted[3] knife;
And all I ask is a merry yarn[4] from a laughing fellow-rover,
And quiet sleep and a sweet dream when the long trick[5]'s over

---

2. gypsy［ˈdʒɪpsɪ］*adj.* 吉卜赛式的，流浪的；Gypsy *n.* 吉卜赛（人）
3. whet *vt.* 刀，whetted 在此是过去分词，作"被磨过的"解。
4. yarn［jɑːn］ *n.*［口］故事，冒险故事，胡编瞎诌的故事
5. trick *n.*［航海］轮班（时间）（通常两小时），例如 lake（或 stand）one's trick at the wheel 当班掌舵。

海恋

约翰·爱德华·梅斯菲尔德

1

我一定要再回到海上去，
去到那寂寞的海阔天空的地方，
我所要的是一艘高桅帆船
和一颗星星来领航，
舵轮的回震，风儿的歌唱，
和那白帆的摇晃，
还有那海面上升起的濛濛薄雾，
和那破晓时露出的曙光。

2

我一定要再回到海上去，
因为奔腾的海潮在呼唤，
这是狂野的呼唤，清晰的呼唤，
不能够拒绝不管，

我所要的是一个刮风的天，
天空里飘着白云片片，
飞溅的浪花，掀起的水泡，
还有那海鸥鸟的鸣叫。

3

我一定要再回到海上去，
过吉卜赛人的生活，四处流浪，
去走海鸥的道，鲸鱼的道，
在那儿海风呼啸，像把快刀；
当完了班之后，我所要的
是个谈笑风生的流浪汉同行
来说上一则荒唐，然后安静地睡一场，
进入甜蜜的梦乡。

译者后注

约翰·爱德华·梅斯菲尔德的诗歌，尤其是早期的作品，在反映劳苦大众的生活、性格等方面比较突出。《海恋》就是收入诗人1902年出版的第一卷诗集《盐水谣》中的一首。全诗充分反映了水手对大海的爱恋、陶醉，以及水手不畏艰险、自由自在、豪放不羁、浪迹天涯、四海为家的充满活力、乐观潇洒的性格。但在1930年梅斯菲尔德冠上了英国“桂冠诗人”的头衔之后，就再难读到像他早期诗作中那种充满活力和劳动大众生活气息的好诗了。

原曲欣赏

Song Composed in August

By Robert Burns

1

Now westlin[1] winds and slaught' ring guns
Bring Autumn's pleasant weather,
The gorcock[2] springs on whirring wings
Amang the blooming heather:
Now waving grain, wide o'er the plain,
Delights the weary farmer,
And the moon shines bright, as I rove at night
To muse upon my charmer.

1. westin *adj*. = western 西方的
2. gorcock *n*. = moorcock 雄苏格兰雷鸟

2

The paitrick[3] lo'es the fruitfu' fells,
The plover lo'es the mountains;
The woodcock haunts the lonely dells,
The soaring hern[4] the fountains;
Thro' lofty groves the cushat roves,
The path o' man to shun it,
The hazel bush o'erhangs the thrush,
The spreading thorn the linnet.

3

Thus ev'ry kind their pleasure find,
The savage and the tender,
Some social join, and leagues combine,
Some solitary wander:
Avaunt, away, the cruel sway!
Tyrannic man's dominion!
The sportsman's joy, the murd' ring cry,
The flutt'ring, gory pinion!

---

3. paitrick［苏］= partridge 鹧鸪
4. hern = heron 苍鹭

4

But, Peggy dear, the evening's clear,
Thick flies the skimming swallow,
The sky is blue, the fields in view,
All fading—green and yellow:
Come let us stray our gladsome way,
And view the charms of Nature;
The rustling corn, the fruited thorn,
And ilka[5] happy creature.

5

We'll gently walk, and sweetly talk,
While the silent moon shines clearly;
I'll grasp thy waist, and, fondly prest,
Swear how I lo'e thee dearly:
Not vernal show'rs to budding flow'rs,
Not Autumn to the farmer,
So dear can be as thou to me,
My fair, my lovely charmer!

---

5. ilka = every 每一个的

八月放歌

罗伯特·彭斯

1

此刻阵阵西风和屠杀的狩猎枪响
带来令人愉快的好天气秋高气爽;
雄赤松鸡飞来飞去,
在开花的石南地里:
此刻麦穗摇曳在辽阔的原野,
给疲惫的农夫带来一些欢娱:
明月高照,我在这样的夜里徜徉,
默默地思念着我那位迷人的姑娘。

2

鹧鸪爱沃野,
千鸟爱山峦;
山鹬喜幽谷,
飞翔的苍鹭恋清泉;

斑鸠穿飞在枝高叶茂的树林，
避开了人们经常行走的小径；
榛树丛中有画眉鸟，
山楂林里有红雀叫。

3

万类都这般地为自己寻欢作乐，
野蛮者，柔弱辈；
有的成群，有的结队，
也有的孤独徘徊：
去你的吧，走开，残酷的主宰！
暴虐的人类的统治！
狩猎家的兴高采烈，谋杀的喊叫，
垂死时还扑打着的血淋淋的羽毛！

4

然而，亲爱的佩姬，傍晚澄静，
从空中掠过的燕子飞得正起劲，
蓝蓝的天，原野在望，
呈现出一片暮色苍茫：
来吧，让我们心旷神怡，
观赏大自然迷人的美丽；

沙沙作响的燕麦，结果的山楂林，
和那各种各样快乐的生灵。

5

我们要安闲地散步，甜蜜地交谈，
直到一轮明月冉冉升起光照人寰；
我要搂住你的腰，深情地把你拥抱，
还定要向你起誓，我是多么地爱你：
没有洒向含苞待放花朵的阵阵春雨，
没有对农夫们的那金色收获的秋季，
能珍贵得如像你在我的心中那样，
我的美人，我那可爱迷人的姑娘！

《八月放歌》是彭斯诗作中脍炙人口的诗篇之一。国内已出版的彭斯诗选中，尚未见到有这首诗。在诗人已去世200多年后的今天，在特别强调保护生态环境、反对捕杀野生动物的今天，我们来读这首诗，对这位耕过田，割过麦，真正握过犁头把的农民诗人，感到格外可亲可敬。在彭斯众多的诗歌中，在他的一首诗里，同时提到九种鸟儿，这也是极为罕见的。读这首诗时，我们仿佛听见了狩猎者兴高采烈的狂呼大叫，也仿佛看见了可怜的鸟儿在垂死前扑打着血淋淋的羽毛。诗人对“谋杀”发出了愤怒的吼声：“去你的吧，走开，残酷的主宰！暴虐的人类的统治！”诗的后部分，反映出了诗人所向往的是人类和平安宁幸福的生活，一个没有流血和杀害生灵的、充满真爱的世界。这首诗充分反映出了诗人鲜明的爱恨。

在《八月放歌》中提到的“Peggy”，即Margaret Thompson。彭斯19岁（一说17岁）时，在Kirkoswald的一所测绘学校学习，Peggy就住在学校隔壁，当时她13岁。一个大晴天的中午，彭斯到学校后面的花园，打算测量太阳的高度。在那儿他见到Peggy，他称她是他的“angel”。关于这件事，诗人在1787年8月2日从莫赫林致摩尔医生的信中有所述及。彭斯还引用了弥尔顿在《失乐园》中的两行诗采赞美她：“宛如那在采摘花的普罗塞尔皮娜，她自己也是一朵更为美丽的鲜花。”自从遇见Peggy之后，彭斯为之倾倒，心神不宁，学习也受到影响。后来，Peggy嫁给了一个叫 William（一说John）Neilson的人，他也是彭斯的老熟人。当彭斯打算动身到西印度去之前，他曾向Peggy辞行，两人相对，默默无言。彭斯将他刚出版的诗集，送了一册给她，并且还深情地写下了这样的诗句：“Once fondly loved and still remember’d dear.”。

为您读诗

To —

By Percy Bysshe Shelley

1

Music, when soft voices die,
Vibrates in the memory —
Odours, when sweet violets sicken[1],
Live within the sense they quicken.

2

Rose leaves, when the rose is dead,
Are heaped for the beloved's bed;
And so thy thoughts[2] when thou art[3] gone,
Love itself shall slumber on.

---

1. sicken *vi.* 指“失去了芬芳”。
2. thy thoughts = the thought of thee（对你的思念）
3. art [古] = are

致——

波西·比希·雪莱

音乐，当轻柔的歌声消亡，
依然在记忆里震荡——
花香，当美丽的紫罗兰凋残，
依然在心灵中弥漫。

花叶，当玫瑰花零落枯黄，
便堆成心上人儿的卧床；
当你一旦离开，这爱本身
便定会沉浸于对你思念的情怀。

译者后注

《致——》这首短诗，雪莱写成于1821年，和《悲歌》（“A Lament”）同时被收入1824年出版的《遗诗》（*Posthumous Poems*）中。全诗浸透了那种真诚的、执着的、缠绵悱恻的爱情。花谢香犹在，纵然人去楼空，爱恋之情永远在心中。

为您读诗

Those Evening Bells

By Thomas Moore

1

Those evening bells! Those evening bells!
How many a tale their music tells,
Of youth, and home, and that sweet time,
When last I heard their soothing chime[1].

2

Those joyous hours are pass'd away;
And many a heart, that then was gay,
Within the tomb now darkly dwells[2],
And hears no more those evening bells.

---

1. chime [tʃaɪm] *n.* (钟) 和谐的乐声
2. 这行诗相当于 "Now darkly dwells within the tomb,"。

3

And so 'twill[3] be when I am gone;
That tuneful peal[4] will still ring on,
While other bards shall walk these dells[5],
And sing your praise, sweet evening bells!

---

3. 'twill = it will
4. peal *n.* 钟声
5. dells *n.* (*pl.*)（通常为林木覆盖的）小山谷，僻静的幽谷

晚钟

托马斯·穆尔

1

晚钟啊！晚钟！
钟声里道出故事重重！
关于青春，关于家庭，还有那美景良辰，
当我上次听见晚钟奏出令人宽慰的和鸣。

2

那些欢乐的时刻而今已不复存在；
许多颗心啊，在当时还充满愉快，
如今啊，却暗埋黄土覆蒿蓬，
再也听不见今天响起的晚钟。

3

当我走了，那时定会是这样：
悠扬的钟声仍旧会照样鸣响，
当别的诗人漫步在此幽谷中，
把你赞颂，美妙动人的晚钟！

译者后注

在《晚钟》这首诗中，诗人既追忆了当年听见晚钟鸣响时的欢乐，又写到了眼前的凄凉景象，当年一道欣赏晚钟的朋友，而今已是一抔黄土。诗人最后想到，人生也就是如此，自己终有一天也会离开人寰，今后依然会有诗人来此，听晚钟鸣响，加以赞扬。诗的情调是感伤的，在感伤之余，又觉得这一切也是符合自然规律的。穆尔的这首诗，实际是一首歌词，他所依据的曲子名叫《圣彼得堡的钟声》。

为您读诗

The Indian Serenade[1]

By Percy Bysshe Shelley

1

I arise from dreams of thee[2]
In the first sweet sleep of night,
When the winds are breathing low,
And the stars are shining bright;
I arise from dreams of thee,
And a spirit in my feet
Hath[3] led me — who knows how?
To thy chamber window, Sweet!

---

1. serenade [serəˈneɪd] *n.* 小夜曲：男人于夜晚在情人窗下歌唱或弹奏的、称赞情人的曲子。
2. thee [古] = you
3. hath [古] = has

2

The wandering airs they faint[4]
On the dark, the silent stream —
The champak[5] odours fail
Like sweet thoughts in a dream;
The nightingale's complaint,
It dies upon her heart[6]; —
As I must on thine[7],
Belovèd[8] as thou art!

---

4. they faint 即“乐曲消失了”“乐曲变弱了”。faint 在这里是不及物动词，they 指 airs，是同位语。
5. champak [ˈtʃæmpæk] *n.* 金香木（产于东印度，可制作雕像，常被种于寺庙附近，其花呈金黄色，十分芬芳，故名）。由于诗人是为“印度小夜曲”写的歌词，在歌词中用了这一具有印度地方色彩的物种“金香木”，就使这歌词更富有印度情趣。
6. 这一行诗是说夜莺停止了它那凄凉的鸣叫。
7. thine = your heart，在 must 之后省略了动词 die。
8. belovèd [bɪˈlʌvɪd] *adj.* 被喜爱的

3

O lift[9] me from the grass!
I die! I faint! I fail!
Let thy love in kisses rain[10]
On my lips and eyelids pale,
My cheek is cold and white, alas!
My heart beats loud and fast; —
Oh! Press it close to thine again,
Where it will break at last.

---

9. lift *vt.* 在这里应理解为“抱起”或“扶起”，而不是“举起”。
10. in kisses rain = rain in kisses, in kisses 作状语修饰不及物动词 rain。

印度小夜曲

波西·比希·雪莱

1

我从午夜初眠梦见你的梦中醒来，
这甜蜜的睡梦还萦绕在我的胸怀，
风儿在低吟轻唱，
星星正闪着亮光。
我从午夜初眠梦见你的梦中醒来，
我的双脚怎么被神灵引带——
谁知会是这样？
来到了你的窗前，我的爱！

2

飘飘乐曲随风飏，
消逝在昏暗幽静的溪水上；
宛如梦中甜蜜的思绪，
散尽了，那金香木的芬芳；

夜莺的怨诉甚凄凉，
怨声诉语死在了她的心上；——
我也一定会死在你的心上，
因为你是个多可爱的姑娘！

3

啊！把我从草地上抱起！
我完了！我昏迷了！我不济！
让你的爱情化成吻的甘霖
洒向我苍白的眼脸和嘴唇。
天啊！我的面颊冰冷惨白！
我的心儿跳得又响又剧烈；——
啊！请把它再紧贴着你的心房，
在那儿将是它最终碎裂的地方。

译者后注

《印度小夜曲》在1824年出版的雪莱的《遗诗》(Posthumous Poems)中,标题是“Lines to an Indian Air”。但在1822年出版的《自由主义者杂志》(*The Liberal*)第二期上,题目叫作“Song Written for an Indian Air”。在本书中这首诗的标题“The Indian Serenade”系据1901年4月初版、1922年重印的由J. H. Fowler编注的*Palgrave's Golden Treasury of Songs and Lyrics, Book Fourth*。雪莱是否真的根据某一印度曲子写了这首歌词,专家们认为已无从知晓,但据有关资料说雪莱是为了他的一个名叫珍·威廉斯夫人(Mrs. Jane Williams)的朋友而写,而且这位夫人还经常唱它。

为您读诗 原曲欣赏

The Slave's Lament

By Robert Burns

1

It was in sweet Senegal[1] that my foes did me enthral[2]
For the lands of Virginia[3] -ginia[4] O!
Torn from that lovely shore, and must never see it more,
And alas! I am weary, weary, O!

---

1. Senegal [ˌsenɪˈgɔːl] 塞内加尔，原为法国在西非的殖民地，现为一独立国家。首都在达卡尔（Dakar [ˈdækə,ˈdækɑː]）。
2. enthral [ɪnˈθrɔːl] *vt.* 使沦为奴隶，奴役
3. Viginia [vəˈdʒɪnjə] *n.* 弗吉尼亚（美国州名）
4. -ginia 是为了表现这个奴隶疲劳至极，连想重复 Virginia 都感到力不从心。诗人的这一处理，这种修辞手段，很值得学习。

2

All on that charming coast is no bitter snow and frost,
    Like the lands of Virginia, -ginia, O!
There streams for ever flow, and the flowers for ever blow,
    And alas! I am weary, weary, O!

3

The burden I must bear, while the cruel scourge I fear,
    In the lands of Virginia, -ginia, O!
And I think on[5] friends most dear with the bitter, bitter tear,
    And alas! I am weary, weary, O!

---

5. think on = think of 想到

奴隶的哀歌

罗伯特·彭斯

1

在美丽的塞内加尔，我的故乡，
敌人把奴隶的锁链给我套上，
押我到弗吉尼亚，—— 吉尼亚，这地方，啊！
硬把我从美丽的海岸拖走，
从此永无再见故乡的时候，
天哪！我累，累，啊！

2

在故乡迷人的海岸上，
从来没有冰雪和严霜，
哪像在弗吉尼亚，—— 吉尼亚，这地方，啊！
故乡的江河终年流淌，
故乡的鲜花永远开放，
天哪！我累，累，啊！

3

当牛做马我也得干，
皮鞭狠毒我心胆寒，
在弗吉尼亚，—— 吉尼亚，这地方，啊！
遥念至亲好友，
伤心悲泪、悲泪长流，
天哪！我累，累，啊！

译 者 后 注

在18世纪，贩卖奴隶的丑恶行径十分猖獗，许多非洲的黑人被作为奴隶贩卖到美洲。在彭斯的《奴隶的哀歌》中，就反映出了一个被从塞内加尔卖到美国弗吉尼亚的奴隶的悲惨遭遇。这是一首这个奴隶在极度疲惫下怀念故乡及亲人时唱出的哀歌。这首诗充分体现了诗人反对贩卖奴隶和对被压迫者、被奴役者的深切的同情。

为您读诗 原曲欣赏

The Banks O' Doon[1]

By Robert Burns

1

Ye[2] banks and braes o' bonie Doon,
    How can ye bloom sae[3] fresh and fair;
How can ye chant, ye little birds,
    And I sae weary, fu' o'[4] care!
Thou' ll break my heart, thou warbling bird,
    That wantons thro'[5] the flowering thorn[6]!

---

1. Doon [du:n] *n.* 杜恩河
2. ye [ji:] *pron.* [古、诗、戏剧]（1）（thou 的复数形式，用于第二人称主格）你们；（2）（用于第二人称单数主格）你 = you
3. sae [seɪ] *adv.* [苏] = so
4. o'= of
5. thro'= through
6. flowering thorn: 有鲜花开放着的荆棘丛（如野蔷薇、山楂子等）

Thou minds me o'[7] departed joys,

    Departed, never to return.

2

Oft[8] hae[9] I rov'd by bonie Doon,

    To see the rose and woodbinc twine,

And ilka[10] bird sang o' its Luve[11],

    And fondly sae did I o' mine.

Wi' lightsome heart I pu'd[12] a rose,

    Fu' sweet upon its thorny tree!

And my fause[13] Luver staw[14] my rose —

    But ah! He left the thorn wi' me[15].

---

7. Thou minds me o': 你使我回想起。按照古体用法，第二人称代词 thou 之后的动词用作一般现在式时，应加 s［有时加 -(e)st］。
8. oft［古］= often
9. hae［苏］= have
10. ilka［ˈɪlkə］*adj.*［苏］= each
11. Luve = Love 情人
12. pu'd = pulled 采，摘
13. fause［苏］= false
14. staw［苏］= stole
15. wi' me = to me

杜恩河畔

罗伯特·彭斯

1

美丽的杜恩河，两岸山坡鲜花放，
　　你们为何有如此好风光？
鸟儿啊，你们为何把欢歌唱？
　　我却是这般憔悴，充满忧伤！
婉转的鸟儿，你快要唱断我肝肠，
　　你在花丛中嬉戏穿飞：
你勾起我逝去的欢乐，
　　逝去了，永不再回。

2

我曾常常漫游在美丽的杜恩河旁，
　　见忍冬缠绕在蔷薇枝上；
鸟儿在把情歌高唱，
　　我也深情地把我的情郎赞扬。

我欢欣地摘下一朵蔷薇，
　　在带刺的枝头多么芬芳！
谁料我那负心郎偷走我的花，
　　唉！他却把那刺儿给我留下。

杜恩河上的老桥

译 者 后 注

这是一首非常优美动人的情歌，也是彭斯诗作中最常被人们咏唱的歌曲之一。在彭斯的作品中，他多次提到杜恩河，因为这条河源于杜恩湖（Lake Doon），从诗人的故乡阿洛韦（Alloway）的西面流过，然后注入克莱德湾（Firth of Clyde）。

在这首短诗中，诗人描绘了一个由诗中女主人公自己道出的故事：一位被负心郎遗弃的姑娘，来到风景如画、到处是鸟语花香的杜恩河畔，姑娘触景生情，往日的欢乐情景顿时涌上心头，然而眼前自己孑然一身，心中充满痛苦与凄凉，这与赏心悦目的自然风光形成了十分鲜明的反差。彭斯的歌词配上原曲，配得很贴切。原曲调子十分低沉，哀婉动人。读了这首诗，令人对这位不幸的少女产生同情，也对负心郎产生憎恨。同时也可能给读者带来些许"无可奈何花落去"的感伤，从而为之掩卷叹息。在我国的敦煌曲子词中也有一首《抛球乐·珠泪纷纷湿绮罗》："珠泪纷纷湿绮罗，少年公子负恩多。当初姊姊分明道，莫把真心过与他。子细思量着，淡薄知闻解好么？"看来痴心女子负心汉，中外古今，例子都不少。

谁料我那负心郎偷走我的花，唉！他却把那刺儿给我留下。

为您读诗

The Darkling[1] Thrush[2]

By Thomas Hardy

1

I leant upon a coppice gate[3]
When Frost was spectre-gray[4],
And Winter's dregs[5] made desolate
The weakening eye of day.
The tangled bine-stems scored the sky
Like strings of broken lyres,
And all mankind that haunted nigh[6]
Had sought their household fires.

---

1. darkling *adj.* 在黑暗中的。根据这首诗的内容，darkling 意为“在暮色昏暗中的”。
2. thrush *n.* 画眉鸟
3. coppice gate = gate leading to a small wood or thicket
4. spectre-gray *adj.* 死灰色；spectre *n.* 幽灵
5. dregs *n.*（*pl.*）本意为“沉渣”，沉在杯子底部的液体的“杂质”。这里结合 winter's（冬天的），便引申为“冬末”“残冬”。
6. nigh［naɪ］*adv.*［古、诗、方］附近，近处

2

The land's sharp features seemed to be
    The Century's corpse outleant[7],
His crypt the cloudy canopy[8],
    The wind his death-lament.
The ancient pulse of germ and birth
    Was shrunken hard and dry,
And every spirit upon earth
    Seemed fervourless as I.

3

At once a voice arose among
    The bleak twigs overhead
In a full-hearted evensong[9]
    Of joy unlimited;
An aged thrush, frail, gaunt[10], and small,

---

7. outleant [aʊtˈlent] *adj.* 倾斜着向外的，斜靠着向外的

8. His crypt the cloudy canopy = The cloudy canopy（seemed to be）his crypt
crypt [krɪpt] *n.*（从前用作墓穴的）教堂地下室；此处作"供埋葬的地方"解，同" the burial place";
canopy [ˈkænəpɪ] *n.* 天空，本指"床（宝座）上的罩篷"或"似罩篷之物"。

9. evensong [ˈiːvnsɒŋ] *n.* 晚祷

10. gaunt [gɔːnt] *adj.*（因疾病、饥饿等）消瘦的，憔悴的

In blast-beruffled[11] plume,
Had chosen thus to fling his soul
    Upon the growing gloom.

4

So little cause for carolings
    Of such ecstatic sound
Was written on terrestrial things
    Afar or nigh around,
That I could think there trembled[12] through
    His happy good-night air
Some blessed Hope, where of he knew
    And I was unaware.

11. blast-beruffled *adj.* 被风吹而蓬乱竖起的
12. trembled 动词 tremble 的过去式。在此它的主语是后面的“Hope”。

暮色苍茫一画眉

托马斯·哈代

1

我靠在通向小树林的门上，
　　寒霜苍白像死灰一样。
岁尽冬残
　　使奄奄夕阳显得凄凉惨淡。
枯枝藤蔓相交缠映衬天畔
　　好似那破琴的断弦。
在附近经常出没的人儿已不见，
　　他们已回到自己家中的炉火边。

2

山河大地轮廓鲜明，
　　宛如本世纪的遗体横陈；
阴云笼罩就是他的坟墓，
　　寒风呼啸就是他的挽歌。
古老的胚芽的盎然生机，

　　已萎缩得又干又硬；
人世间的任何一点热情
　　都变得像我一样的冷漠消沉。

3

此时从头顶上方的寒枝间，
　　突然有一种声音出现，
这是一曲深情的晚祷之歌，
　　它浸透了无限的欢乐。
一只衰老的画眉鸟，体弱、憔悴、瘦小，
　　满身是被寒风吹乱的羽毛，
偏偏选择此时来纵情歌唱，
　　迎着降临大地的夜色茫茫。

4

如此狂喜的欢歌声，
　　因何产生？
举目四望远近大地的情景，
　　答案难寻。
我可以这样想：
　　从他那幸福良宵的曲调，
他把某种可喜的希望唱出来了，
　　这希望只有他知道，我却不晓。

译者后注

《暮色苍茫一画眉》是哈代60岁时写的一首内涵丰富、优美动人的抒情诗。这首诗是他在1899年12月31日，也就是19世纪的最后一天写成的。把诗人创作这首诗的时间和这首诗所传达出的内容结合起来，才能有助于我们来赏析这首难得的佳作。读完了这首诗，让人觉得哈代并不是一个对人类未来感到绝望的人，而是一位对人类未来仍存有希望的、跨世纪的伟大诗人和小说家。

为您读诗 原曲欣赏

The Belles[1] of Mauchline

By Robert Burns

In Mauchline there dwells six proper[2] young belles,
The pride of the place and its neighbourhood a'[3];
Their carriage and dress, a stranger would guess,
In Lon'on[4] or Paris, they'd gotten it a'.
Miss Miller is fine, Miss Markland's divine,
Miss Smith she has wit, and Miss Betty is braw[5]:
There's beauty and fortune to get wi' Miss Morton[6],
But Armour's the jewel for me o' them a'[7].

---

1. belles [bels] *n.* (*pl.*) 美女，佳人
2. proper *adj.* [古，方言] 容貌端庄的，漂亮的
3. a'= all
4. Lon'on = London
5. braw *adj.* [苏] = fine, handsome
6. to get wi' Miss Morton: 和摩顿小姐在一起；攀上摩顿小姐。wi' = with。
7. o' them a' = of them all

莫赫林的姑娘

罗伯特·彭斯

莫赫林住着六位标致的年轻姑娘，
　　她们都是当地和周围毗邻的骄傲；
她们的马车和衣裳，异乡人会猜想，
　　定是购自伦敦或巴黎京城大地方。
米勒小姐美好，马克兰小姐俊俏，
　　史密斯小姐聪明，贝蒂小姐水灵：
攀上了摩顿小姐，享受艳福当财神，
　　可在她们中间，阿摩尔才是我的心上人。

译者后注

莫赫林（Mauchline）在 18 世纪时是苏格兰艾尔郡的一个小镇，在塔博尔顿（Tarbolton）镇的东面，两镇相距较近。《莫赫林的姑娘》这首诗，是诗人根据真人真事而写成的。根据现存资料，哪个姑娘嫁了谁，哪位先生娶了哪位小姐，都有名有姓，有案可查。诗中谈到的 Amour［ˈɑːmə］（全名应是 Jean Armour），就是后来的彭斯夫人，她在 1765 年 2 月出生在莫赫林。这首小诗，格调轻松、愉快，诗人据以填词的原曲子的旋律，也十分轻快。但这首小诗可以说诙谐中寓严肃，它透露出这样一种思想：爱情要专一。

为您读诗

To the Nightingale

By John Milton

O Nightingale! that on yon bloomy spray[1]
    Warblest at eve, when all the woods are still,
Thou with fresh hope the lover's heart dost fill,
    While the jolly hours lead on propitious[2] May.
Thy liquid notes that close the eye of day,
    First heard before the shallow cuckoo's bill,
    Portend[3] success in love. O if Jove's will
    Have link'd that amorous power to thy soft lay,
Now timely sing, ere the rude bird of hate

1. spray *n.* 细枝
2. propitious *adj.* 吉祥的
3. portend *vt.* 预示；为……兆头

Foretell my hopeless doom[4], in some grove nigh;
As thou from year to year hast sung too late
For my relief, yet hadst no reason why,
Whether the Muse, or Love[5] call thee his mate,
Both them I serve, and of their train[6] am I.

4. doom *n.* 厄运
5. Love *n.* 此处用指爱神
6. train *n.* 随行人员，随从

致夜莺

约翰·弥尔顿

黄昏时分，当所有树林都变得宁静，
　　啊，夜莺，只有你在那边的花枝上啭鸣，
你给恋人的心里充满了新的希望，
　　当欢乐的时刻引来了美好的五月时光。
在杜鹃还未发出浅薄的叫声之前，
　　你令白昼合上眼的歌声玉润珠圆，
　　这便预示了爱情一定如愿。啊，假如天公有意
　　把爱情的力量和你美妙的歌声结合在一起，
此刻你就放声唱吧，趁在附近的树林
　　那粗野令人生厌的雀子还未预言我无望的厄运；
　　因为你年年总是歌唱得太迟，
未能使我展愁眉，可这又没有什么道理。
　　无论是诗神或是爱神把你叫作他的伴侣，
　　对他俩我都效力，随侍左右，寸步不离。

《致夜莺》是弥尔顿的一首十四行诗。弥尔顿留下来的十四行诗很少。在这首诗中，诗人颂扬夜莺而讨厌杜鹃。早在乔叟（Chaucer）本人和与他同时代的诗人的诗中，就有咏杜鹃和夜莺的诗。在那时就把夜莺视为爱情鸟，把杜鹃视为大家都讨厌的鸟。在莎士比亚的作品中，还可以找出讨厌杜鹃鸟叫声的例子，因为杜鹃鸟的叫声听起来像是在叫“cuckold”［ˈkʌkəld］（被戴绿帽的男人）。

为您读诗

The Isles of Greece

By George Gordon Byron

1

The isles of Greece, the isles of Greece!
    Where burning Sappho[1] loved and sung[2],
Where grew the arts of war and peace[3],
    Where Delos[4] rose, and Phoebus[5] sprung!
Eternal summer gilds them yet,
But all, except their sun, is set.

---

1. Sappho [ˈsæfəʊ] *n.* 约生于公元前 6 世纪初的希腊女诗人，长于抒情诗，但其作品流传至今的极少，她写的诗所用的格律比较多样化，语言简练。
2. sung [古] = sang
3. the arts of war and peace: 指“文治武功之道”。
4. Delos [ˈdiːlɒs] *n.* 爱琴海中基克拉迪群岛（Cyclades）中的一个小岛，传说是 Apollo 的出生地。
5. Phoebus [ˈfiːbəs] *n.* 希腊神话中的太阳神（Apollo）

2

The Scian[6] and the Teian[7] muse[8],
　　The hero's harp[9], the lover's lute[10],
Have found the fame your shores refuse;
　　Their place of birth alone is mute
To sounds[11] which echo further west
Than your sires'[12], "Islands of the Blest."[13]

---

6. Scian [ˈsaɪən] *adj.* ←Scio *n.* [古] Chios [ˈkaɪɒs] = khiós [ˈkaɪɒs]。Scio 是爱琴海中基克拉迪群岛中的一个小岛，传说是 Homer（荷马）的诞生地。荷马是公元前 8 世纪古希腊诗人。
7. Teian [ˈtiːən] *adj.* ←Teos *n.* Teos 是希腊爱奥尼亚人（Ionian）在小亚细亚（Asia Minor）建的一座小城，传说公元前 6 世纪古希腊抒情诗人阿那克里翁诞生于此。
8. muse *n.* 诗才
9. harp: 竖琴。以此大型乐器喻史诗作者荷马之诗才。
10. lute: 琵琶。以此小型乐器喻抒情诗人阿那克里翁之诗才。
11. sounds: 指代表古希腊文化的荷马等古希腊伟大诗人们的伟大声名。
12. sires' [诗] 祖先的
13. Islands of the Blest: 福地，即 Elysium [ɪˈlɪzɪəm]，也叫 Elysian fields。传说古希腊神话中有福之人死后即到该处居住（比较佛家的"西方极乐世界"），因此，英语口语中"go west"有"（人）死，上西天"之意。

3

The mountains look on Marathon[14] —
And Marathon looks on the sea;
And musing there an hour alone,
I dream'd that Greece might still be free;
For standing on the Persians' grave,
I could not deem myself a slave.

4

A king[15] sate[16] on the rocky brow[17]
Which looks o'er sea-born Salamis[18];

---

14. Marathon [ˈmærəθən] *n.* 马拉松，古希腊中东部阿提卡（Attica）地区东部的一小村子或附近的一平原。公元前 490 年雅典人在 Miltiades [mɪlˈtaɪədiːz] 的统领下击败了波斯帝国国王大流士一世（Darius I）率领的波斯人的入侵。
15. king: Xerxes [ˈzəːksiːz] I the Great（c. 519—c. 465 B.C.）, King of Persia（c. 485—c. 465 B.C.）。波斯国王，大流士一世的儿子。他率领波斯人入侵希腊，在温泉关（Thermopylae）之役（480 B.C.）由于奸人出卖，他打败了斯巴达人，攻破温泉关，但在萨拉米斯海战时，他的舰队（2 000 多艘战船）被希腊人的舰队（380 艘战船）彻底摧毁，这一战役发生在公元前 480 年 9 月 29 日。据古希腊历史学家希罗多德（484?—430/420 B.C.）的《希腊波斯战争史》记载，在海战那天，Xerxes 就在与萨拉米斯岛相对的伊克里阿斯山（Mount Aegaleos）的山坡上，目睹他的舰队被打得落花流水。
16. sate [古] = sat
17. brow *n.* 峭壁、陡岩的顶端
18. Salamis [ˈsæləmɪs] *n.* 爱琴海上一岛屿，在雅典附近。

And ships, by thousands, lay below,
    And men in nations[19]; — all were his!
He counted them at break of day —
And when the sun set where were they?

5

And where are they? And where art thou,
    My country? On thy voiceless shore
The heroic lay is tuneless now —
    The heroic bosom beats no more!
And must thy lyre, so long divine,
Degenerate into hands like mine?

6

'T is something, in the dearth of fame[20],
    Though link'd among a fetter'd race,
To feel at least a patriot's shame,
    Even as I sing, suffuse my face;
For what is left the poet here?
For Greeks a blush — for Greece a tear.

---

19. men in nations: 来自被 Xerxes 征服的各国调来的士兵。
20. in the dearth of fame = in this ignoble age 在这可耻的丧失尊严的时代。dearth *n.* 缺少。

7

Must *we* but weep o'er days more blest?
    Must *we* but blush? — Our fathers bled.
Earth! render back from out thy breast
    A remnant of our Spartan dead!
Of the three hundred grant but three,
To make a new Thermopylae[21]!

8

What, silent still? and silent all?
    Ah! no, — the voices of the dead
Sound like a distant torrent's fall,
    And answer, "Let one living head,
But one arise, — we come, we come!"
'T is but the living who are dumb.

---

21. Thermopylae [ˈθəːˈmɒpɪliː] *n.* 希腊一险要山口，过去译作“温泉关”。公元 480 年，三百名斯巴达勇士坚守此关，迎战波斯入侵者，由于奸人出卖，温泉关最后被攻破，三百勇士壮烈牺牲。“温泉关”之役，也为希腊人赢得了备战时间，为萨拉米斯海战大败波斯舰队创造了条件，三百勇士虽全部牺牲，但其功不可没。

9

In vain — in vain: strike other chords;
    Fill high the cup with Samian[22] wine!
Leave battles to the Turkish hordes,
    And shed the blood of Scio's vine[23]!
Hark! rising to the ignoble call —
How answers each bold Bacchanal[24]!

10

You have the Pyrrhic[25] dance as yet;
    Where is the Pyrrhic phalanx[26] gone?
Of two such lessons, why forget
    The nobler and the manlier one?
You have the letters Cadmus[27] gave —
Think ye he meant them for a slave?

---

22. Samian [ˈseɪmɪən] *adj.* 萨摩斯的；是爱琴海上萨摩斯岛（Samos）的形容词，该岛以产葡萄酒著名。
23. shed the blood of Scio's vine: 狂饮 Scio 产的红葡萄酒。
24. Bacchanal [ˈbækənəl] 酒神 Bacchus 的信徒。此处指醉生梦死的、不知亡国恨的酒徒。
25. Pyrrhic [ˈpɪrɪk] *adj.* 由 Pyrrhus 派生出的形容词。Pyrrhus（318—272 B.C.）是希腊西北部一古王国 Epirus [ɪˈpaɪrəs] 的国王（295—272 B.C. 在位）。Pyrrhic dance 是一种古希腊人模仿战争的舞蹈。
26. phalanx: 打仗时的方阵，据说由 Pyrrhus 所创。
27. Cadmus [ˈkædməs] *n.* 传说中希腊文字的创始人。

11

Fill high the bowl with Samian wine!
  We will not think of themes like these!
It made Anacreon's song divine:
  He served — but served Polycrates[28] —
A tyrant; but our masters then
Were still, at least, our countrymen.

12

The tyrant of the Chersonese[29],
  Was freedom's best and bravest friend;
That tyrant was Miltiades!
  Oh! that the present hour would lend
Another despot of the kind!
Such chains as his were sure to bind.

---

28. Polycrates [pəˈlɪkrətiːz] *n.* (?—522 B.C.)公元前6世纪萨摩斯岛(Samos)的霸主,对当时的抒情诗人 Anacreon 恩宠有加。
29. Chersonese [ˈkəːsəniːs] *n.* 达达尼尔海峡(Dardanelles)与爱琴海之间的一个半岛名。Miltiades 是该半岛的霸主,马拉松之役就是雅典人在他的领导下击败波斯入侵者的。

13

Fill high the bowl with Samian wine!
    On Suli's[30] rock, and Parga's[31] shore,
Exists the remnant of a line
    Such as the Doric[32] mothers bore;
And there, perhaps, some seed is sown,
The Heracleidan blood[33] might own.

14

Trust not for freedom to the Franks[34] —
    They have a king who buys and sells;
In native swords and native ranks,
    The only hope of courage dwells;
But Turkish force, and Latin fraud,
Would break your shield, however broad.

---

30. Suli [ˈsuːlɪ] *n.* 在 Epirus 王国的西部，是阿尔巴尼亚西南部的一个山区。那里的人民早先就曾拿起武器反抗土耳其人。
31. Parga [ˈpɑːgə] *n.* Suli 区内的一海港城市名。
32. Doric [ˈdɔːrɪk] 是 Doris 的形容词形式。Doris 是古希腊中部地区，其居民 Dorians 是古希腊的一主要民族，斯巴达人即是其中之一支。
33. Heracleidan [herəˈklaɪdən] blood: Hercules 的后裔，此处泛指希腊人。Hercules 是希腊神话中的“大力神”。
34. Franks: 此处泛指西欧人。

15

Fill high the bowl with Samian wine!
　　Our virgins dance beneath the shade —
I see their glorious black eyes shine;
　　But gazing on each glowing maid,
My own the burning tear-drop laves[35],
To think such breasts must suckle slaves.

16

Place me on Sunium's[36] marbled steep,
　　Where nothing, save[37] the waves and I,
May here our mutual murmurs sweep;
　　There, swan-like[38], let me sing and die;
A land of slaves shall ne'er be mine —
Dash down yon cup of Samian wine!

---

35. lave *vi.* [古] = to wash oneself
36. Sunium [ˈsuːnɪəm] *n.* 雅典东南一海角，在 Attica 半岛的最南端，雅典娜女神庙就建在该处。
37. save *prep.* 除……之外
38. swan-like: 像天鹅般的，传说天鹅临死前其鸣声特别哀婉动人，试比较在莎士比亚《奥赛罗》中的两行台词：

    "I will play the swan,
    And die in music."
    — *Othello*, V. ii. 245 ～ 246

哀希腊

乔治·戈登·拜伦

1

希腊群岛啊，希腊群岛！
　　在这里，火热多情的莎弗曾满怀情爱放声唱，
在这里，战争与和平培育出的艺术多么美好，
　　在这里，狄罗斯岛浮出海面，阿波罗诞生的地方！
永恒的长夏还为群岛披上金色的衣裳，
可是，除了太阳，一切都已沉落消亡。

2

凯奥斯岛的诗人，特奥斯城的诗人，
　　英雄的竖琴，情人的琵琶，
他们都获得了美名，可是你的海岸却不予承认；
　　只有诞生他们的故土对他们的歌声才一言不发，
这歌声啊，在遥远的西方回荡，
远荡过了你祖先“福岛”更西的地方。

3

群山望着马拉松，
　　马拉松望着大海；
我独自在这儿沉思了一个时辰，
　　我想希腊的自由也许依然存在；
因为我在波斯人的坟上站立，
我不能设想自己是一个奴隶。

4

一个国王曾坐在怪石林立的悬岩边，
　　悬岩俯视着大海诞生的萨拉米斯岛；
停靠在他脚下的战船上千，
　　兵多将广全听他一个提调！
黎明时他把他们点数——
日落时他们又在何处？

5

他们现在又在何处？而你又在何处
　　我的祖国啊？！在你无声的海岸上
英雄的歌声如今是音调全无——
　　不再跳动了，英雄的心脏！
难道你长期圣洁的七弦琴，
一定要归于我这样一个人？

6

我的诗歌和带上镣铐的民族连在一起，
　　自然得不到什么荣誉，
但我至少感到了一个爱国者的羞耻，
　　甚至当我高歌时，也感觉羞愧不已；
到底为什么诗人留在这里？
为希腊人含羞脸红——为希腊含悲垂泪！

7

难道我们只会为过去美好的日子哭泣悲哀？
　　难道我们就只会羞愧而已——先辈却浴血沙场奋战到底。
大地啊！快从你的怀抱中送回
　　我们亡故了的斯巴达人的遗体！
三百名勇士中纵只许三人归来，
我们就把“热门”的战场重开！

8

怎么，还这样沉静？一切都这样沉静？
　　啊，不；——亡灵的声音
像那远方奔腾的瀑布轰鸣，
　　他们回答说：“只要有一个活着的人
带头一声召唤，——我们就来，我们就来！”
可是活着的人却偏偏不把口开。

9

空自徒劳——空自徒劳：——还是另弹别的曲调；
　　用萨摩斯的美酒把杯子斟得满满！
把战争留给土耳其的部落强盗，
　　把凯奥斯红葡萄的血液全流完！
听吧，对这种卑鄙可耻的声音——
醉生梦死的酒徒们响应得多么起劲！

10

你们今天也还有庇鲁斯王传下的舞蹈，
　　可庇鲁斯王的兵阵如今又到哪里去了？
像这两桩教训——为啥偏偏忘掉
　　其中更为崇高、更见伟大的一条？
你们还有凯德莫士传下来的文字——
想想吧，他难道是为了留给奴隶？

11

还是用萨摩斯的美酒斟满巨觥！
　　我们不愿意想到这一类的话题！
杯中之物使阿那克里翁的诗歌成了绝唱：
　　他侍候——但他侍候了波利克拉底——
一个霸主；可我们当时的首领们
至少还是我们的本国人。

12

在克尔索里斯半岛上的这个霸主，
　　是自由的最好的和最勇敢的朋友；
米尔提阿底斯就是霸主的大名！
　　啊，但愿眼前也能够有
又一个这样煊赫的霸主！
我们就定会为他所束缚。

13

还是用萨摩斯的美酒斟满巨觥！
　　在苏里的岩顶，在帕加的岸上，
在那儿还存留着一支后裔，
　　他们是多里士妈妈的子女；
在那儿也许种子已经传开，
他们是赫拉克勒斯的后代。

14

不要听信福兰克人把自由高唱——
　　他们有一个惯会做买卖的国王：
本国铸造的刀剑，本国人组成的武装，
　　这才是唯一指望能够找到勇敢的地方；
土耳其的武力，拉丁的欺骗，
会粉碎你无论有多宽的盾牌。

15

还是用萨摩斯的美酒斟满巨觥！
　　咱们的姑娘翩翩舞蹈在树荫底——
我看见她们乌黑的明眸闪闪发亮；
　　但当我望着每个热情洋溢的少女，
我自己的点点热泪便油然涌起，
想到这样的乳房竟要哺养奴隶。

16

把我放置在苏里阿门的大理石的峭壁，
　　在那里没有什么，除海浪和我在一起，
能听得见海浪和我在轻轻地互相低语；
　　在那里就让我像天鹅般在高歌中死去：
一个奴隶的国度永远也不会令我沉醉——
把那斟满萨摩斯酒的杯子砸个粉碎！

此乃鲁迅先生所说拜伦“花布裹头去助希腊独立”时候的肖像。

译者后注

《哀希腊》选自拜伦的杰作《唐•璜》第三章。唐•璜出国游学，在海上突遇风暴，船触礁沉没，唐•璜一个人拼命游向海岛，快到岛边时，他已精疲力竭，晕倒在海滩，后被统治该岛的海盗 Lembro 的女儿 Haidee（17 岁）和她的婢女 Zoe 所救。她们将他藏匿在海边一岩洞中，每天给他送来食物，并教他希腊语。Haidee 爱上了唐•璜。一个月之后，Haidee 的父亲 Lembro 出海去干他的海盗行径。不久，传来了 Lembro 死亡的噩耗。Haidee 哀痛了数周之后，决定同她热爱的唐•璜共同来统治海岛。一天，岛上张灯结彩，鼓乐喧天，一派节日景象，Haidee 和唐•璜共同高高坐在华堂之上，此时堂下有一诗人弹琴高唱《哀希腊》。当这位诗人唱《哀希腊》时，因为 Haidee 的父亲并没有死，他悄悄回到岛上，也混在人群中看见女儿和一个陌生青年高高坐在那儿。这就是《哀希腊》在《唐•璜》中出现的背景。这首诗可以独立自成一章来阅读。在阅读《哀希腊》时，可参阅“作者简介”中拜伦条鲁迅先生对拜伦的评价，尤其是与希腊有关的部分。这对于赏析《哀希腊》很有帮助。拜伦在 1823 年对希腊反抗土耳其压迫者的斗争，十分同情。拜伦本人不仅参加了希腊军队，他还变卖了他的家产来装备了一艘军舰，而且在后来他还亲自招募了 500 名士兵，并提供军服。拜伦还致力于协调希腊内部某些派别的矛盾。不幸的是在 1824 年 4 月 19 日拜伦因患热病死于希腊西海岸的密索隆岐（Missolonghi [ˌmɪsəˈlɒŋgɪ]），死时才 36 岁。当时希腊宣布拜伦逝世为国丧，以此来对他进行哀悼。而在英国，直到拜伦死后 144 年，才被允许在西敏寺的“诗人角”（Poets’ Corner）为这位世界著名的伟大诗人立上一块牌子。

为您读诗

When We Two Parted

By George Gordon Byron

1

When we two parted
    In silence and tears,
Half broken-hearted
    To sever[1] for years,
Pale grew thy cheek and cold,
    Colder thy kiss;
Truly that hour foretold
    Sorrow to this!

---

1. sever *vi.* 分开，分离

2

The dew of the morning
    Sunk chill on my brow —
It felt like the warning
    Of what I feel now.
Thy vows are all broken,
    And light[2] is thy fame;
I hear thy name spoken,
    And share in its shame.

3

They name thee before me,
    A knell to mine ear;
A shudder comes o'er me —
    Why wert[3] thou so dear?
They know not I knew thee,
    Who knew thee too well —
Long, long shall I rue[4] thee,
    Too deeply to tell.

---

2. light *adj.* 轻浮的，轻薄的
3. wert *v.* ［古］= were
4. rue *vt.* 对……感到懊悔

4

In secret we met —
    In silence I grieve
That thy heart could forget,
    Thy spirit deceive.
If I should meet thee
    After long years,
How should I greet thee? —
    With silence and tears.

当年我俩相离别

乔治·戈登·拜伦

1

当年我俩相离别，
　　默默无言珠泪滴，
破碎心怀，
　　几从年月，
卿颊渐随珠泪冷，
桃红化作梨花白，
　　更哪堪临行一吻，尤寒彻；
真乃先兆我，
伤心今日！

2

朝露冷，
　　滴我额——
当时似预先警告
　　我眼前痛苦感觉。
卿海誓山盟全忘却，
　　只落得名声轻薄；
闻你名时，
　　分卿羞辱。

3

人前我闻道你名，
　　有如丧钟刺我心；
真令人寒栗甚——
　　当时卿何太多情？
他人不悉我俩当年情分，
　　唯我知卿最深——
从兹长为卿悔恨，
　　心碎矣，无由言尽。

4

想当年，花下幽情深密密 ——
　　到今朝，我独自背灯暗泣，
卿心忘旧爱，
　　卿意欺旧悦。
多年后
　　天涯海角若相逢，
我将怎说？——
　　默默无言珠泪滴。

译者后注

《当年我俩相离别》是拜伦的一首十分著名的抒情诗。诗中讲述了一个十分动人的故事，一个青年和女友分离了几年之后，这个青年回来了，但他发现他的女友对他已经早变心了，已完全堕落成了一个轻薄的、声名狼藉的女人。这首诗很富音乐性。这里用浅近的文言文译出，希望能传达出些许原诗中所具有的那种真情和音乐性。这首诗作于 1808 年，1816 年第一次发表。

· 译注余音 ·

这本书终于要出版了。责任编辑请我写序，我说我写一个译注余音吧。

1983 年，北京大学李赋宁老师推荐我到耶鲁大学做访问学者。当时耶鲁大学英语系有一个很著名的教授 Paul Fry，他是我的直接联系人，我们每个月有一两次会面。他经常请我在纽黑文（New Haven）街上的一家小咖啡馆谈有关我学习心得的事情。有一次，我特别向他请教：如果中国英语系的学生要学习英国诗歌，您觉得他们首先应该读哪些篇章呢？他马上就把我的笔记本拿过去，在上面写了一些作者和他们的篇章。我发现，他推荐的这些名篇佳作都是我过去常常教给学生的。关于彭斯的作品，因他知道我对彭斯有点儿研究，就很客气地说：彭斯的作品就由你自己来选，你比我还了解得更多。1984 年回国之后，我教授英美诗歌。我给学生上课选的诗歌很多就是来自他推荐的作品。现在这本书中的作品主要也是他当时推荐的，还有就是我根据他的指导思想自己又选了一些。

我自己在教这些诗歌的时候，总是喜欢先把它们翻译成中文，因为我要彻底地理解和了解这些诗歌。只有首先让自己受到感染、受到感动才能教给学生，自己都不能被感动又怎么能去感动学生呢？所以，这些诗实际是我在教学的时候翻译的，这些诗的说明和注释也是我在教学过程中的副产品。我自己感受到，翻译诗歌是一件很快乐的事情，因为要去推敲要去考虑每一个字词，这是很有趣味的。比如，在翻译雪莱的 “A Dirge” 这首诗的时候，我正在跟吴宓老师进修浪漫派诗歌。他对我的这首诗的译文，特别是后面那一句很赞赏，“Wail, for the world’s wrong!”，我把它翻译成 “放声痛哭吧，为了人间的屈枉！”。我把这个 “wrong” 翻译成 “屈枉”，吴老师觉得我选的 “屈枉” 这两个字很好。他说：妙在哪里呢？这个 “枉” 字跟朗诵 “Wail, for the world’s wrong!” 时的 “wrong” 的读音很相近，这个太妙了。另外，在我翻译《哀希腊》时，正是 1971 年的夏天，天气很热，室内气温 40 度，在翻译这首诗时我也是充满了热情。我把译文给吴老师看了过后，他也是十分称赞。他说：鲁迅先生说当今青年人很喜欢读拜伦的诗，特别是《哀希腊》，就是鲁迅先生他本人读后，都觉得心神俱往。吴宓老师还说：你在翻译这首诗时也是充满了激情来翻译的。后来，我在教这首诗的时候，做了详细的注释。由于这首诗里涉及很多希腊神话中的人名和地名，我查阅了很多字典，对地名的读音、专有人名的读音都做了详细的注释。我在注释的时候，除了参考英国出版的《金库诗选》（*Golden Treasury*）上的注释外，还从方敬同志那里借了一本日本出的《金玉集》做参考。方敬同志的那本书后来我还给他了，我借来时抄了一些注释下来，现在还保存在我的笔记本上。

这本小书中的诗歌，主要是我这一生在西南师范学院、西南师范大学的外语系和外国语学院开诗歌课的时候选译和注释的，都是英国传统诗歌中的优秀篇章，都充满了深情，尤其是雪莱、拜伦、彭斯的诗歌。另外，我对书上的大部分诗歌都进行了朗读，少量诗歌还从唱片资料中找到了苏格兰民谣女歌手简·雷德帕思（Jean Redpath）的吟唱，这些都用二维码的方式印在书上供大家欣赏，以帮助大家更好地理解原作。

当年的学生们今天如果看到了这本书，一定能够回想起当年他们选读诗歌课的往事。今天，我就把这本书献给教过我的老师、跟我一起学习过的同学和我教过的学生们做一个纪念。

九十一叟江家骏于西南大学

2019 年 10 月 1 日

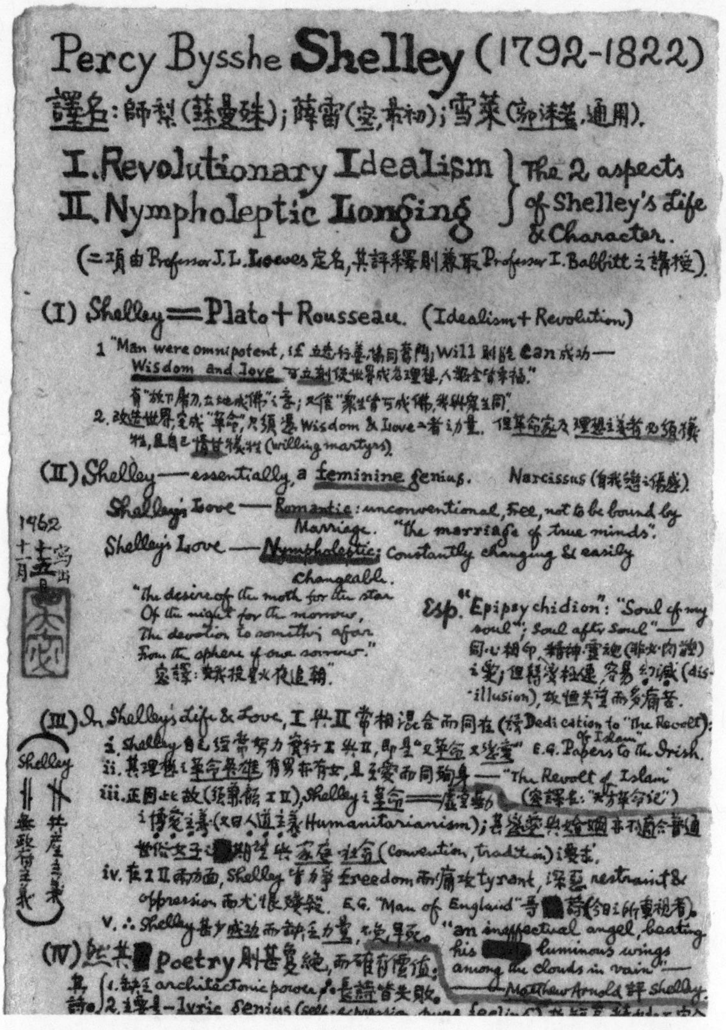

Percy Bysshe **Shelley** (1792-1822)

譯名：師梨（蘇曼殊）；薛雷（宓，最初）；雪萊（郭沫若，通用）。

I. Revolutionary Idealism
II. Nympholeptic Longing
} The 2 aspects of Shelley's Life & Character.

（二項由 Professor J. L. Lowes 定名，其詳釋則兼取 Professor I. Babbitt 之講授）。

(I) Shelley ═ Plato + Rousseau. (Idealism + Revolution)

1 "Man were omnipotent, if 立志行善，携同奮鬥；Will 則能 can 成功——
Wisdom and Love 可立刻使世界成為理想，人類全體幸福。"
有"放下屠刀，立地成佛"之意；又信"眾生皆可成佛，衆生平等"。

2. 改造世界，完成"革命"，只須憑 Wisdom & Love 二者之力量。但革命家及理想主義者必須犧牲，且自己情甘犧牲 (willing martyrs)。

(II) Shelley — essentially a feminine genius. Narcissus (自我戀之傾感)。

Shelley's Love — Romantic: unconventional, free, not to be bound by Marriage. "the marriage of true minds".

Shelley's Love — Nympholeptic: Constantly changing & easily changeable.

"The desire of the moth for the star
Of the night for the morrow,
The devotion to something afar
From the sphere of our sorrow."
宓譯："蛾撲燈火夜追朝"。

Esp. "Epipsychidion": "Soul of my soul"; Soul after Soul" — 同心相印，精神靈魂（非肉體）之愛；但轉變極速，容易幻滅 (dis-illusion)，故恒失望而多痛苦。

1962 十二月十五日寫出

(III) In Shelley's Life & Love, I 與 II 常相混合而同在（讀 Dedication to "The Revolt of Islam"）：

i. Shelley 自己經常努力實行 I 與 II，即是"又革命又戀愛" E.G. Papers to the Irish.

ii. 其理想之革命英雄有男亦有女，且互愛而同殉身 —— "The Revolt of Islam"（宓譯名："伊斯蘭起義"）

iii. 正因此故（须兼顧 I II），Shelley 之革命 ═ 廣泛的之博愛主義（又曰人道主義 Humanitarianism）；甚至戀愛與婚姻亦不適合普通世俗女子之[redacted]期望與家庭、社會 (Convention, tradition) 之要求。

iv. 在 I II 兩方面，Shelley 皆力爭 freedom 而痛攻 tyrant，深惡 restraint & oppression 而尤恨殘殺。E.G. "Men of England" 等[redacted]詩（今日之所重視者）。

v. ∴ Shelley 甚少成功而缺乏力量，不免早死。"an ineffectual angel, beating his [redacted] luminous wings among the clouds in vain" —— Matthew Arnold 評 Shelley.

(IV) 然其[redacted] Poetry 則甚優絕，而確有價值：

其詩 {
1. 缺乏 architectonic power，故長詩皆失敗。
2. 主要是 — Lyric genius (self-expression, pure feeling) ……
}

Shelley ‖ 共產主義 ‖ 無政府主義

1962 年吴宓教授为其助手江家骏讲授英国浪漫派诗人雪莱时所写出之讲课提纲

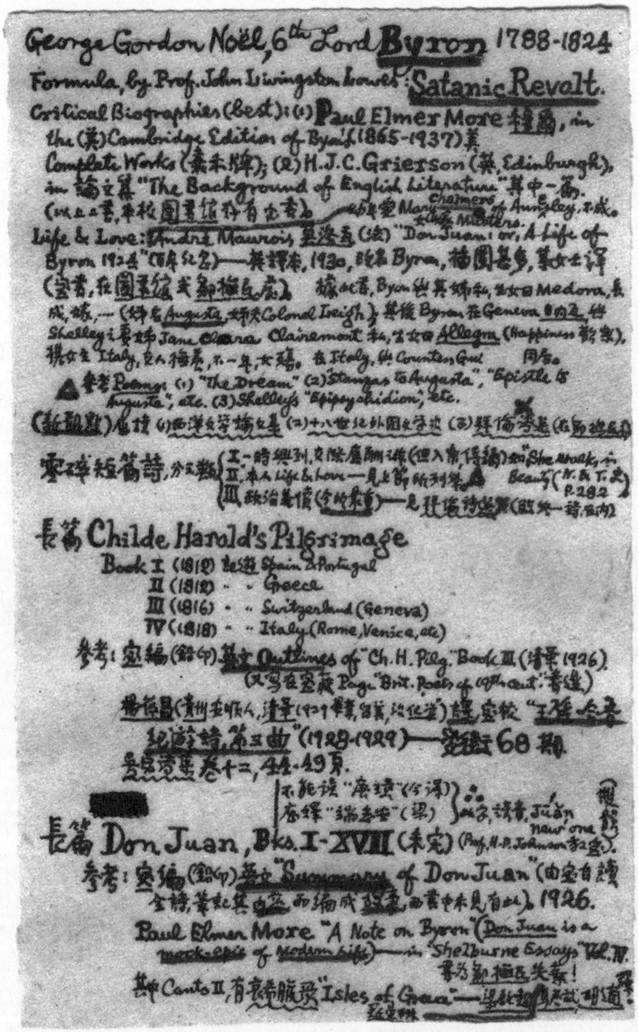

George Gordon Noël, 6th Lord Byron 1788-1824

Formula, by Prof. John Livingston Lowes: Satanic Revolt.

Critical Biographies (best): (1) Paul Elmer More 穆爾, in the (美) Cambridge Edition of Byron's (1865-1937) 美 Complete Works (森林牌); (2) H.J.C. Grierson (英, Edinburgh), in 論文集 "The Background of English Literature" 其中一篇.

(以上二書, 本校圖書館存有此書) 少年愛 Mary Chaworth of Annesley, 不成。

Life & Love: André Maurois 莫洛亞 (法) "Don Juan: or, A Life of Byron 1924" (百年紀念) —— 英譯本, 1930, 題為 Byron, 插圖甚多, 某女士譯 (此書, 在圖書館或鄭樞良處) 據此書, Byron 與其姊私, 生女曰 Medora, 長成, 嫁, —— (姊名 Augusta, 姊夫 Colonel Leigh); 其後 Byron 在 Geneva 與 Shelley 之妻妹 Jane Clara Clairemont 私, 生女曰 Allegra (Happiness 歡樂), 攜女至 Italy, 交人撫養, 不一年, 女殤。在 Italy, 與 Countess Guiccioli 同居。

△ 參考 Poems: (1) "The Dream" (2) "Stanzas to Augusta", "Epistle to Augusta", etc. (3) Shelley's "Epipsychidion", etc.

(新觀點) 應讀 (1) 西洋文學論文集 (2) 十八世紀外國文學史 (3) 拜倫詩選

零碎短篇詩, 分三類 {I. 一時興到, 交際應酬 ... 如 "She Walks in Beauty" (W.E.T. 史 P.282) / II. 本人 Life & Love —— 見上節所列 △ / III. 政治義憤 (今所重視) —— 見拜倫詩選

長篇 Childe Harold's Pilgrimage

Book I (1812) 記遊 Spain & Portugal
II (1812) " " Greece
III (1816) " " Switzerland (Geneva)
IV (1818) " " Italy (Rome, Venice, etc)

參考: 宓編 (鉛印) 英文 Outlines of "Ch. H. Pilg." Book III (清華 1926) (又寫在宓藏 Page "Brit. Poets of 19th cent." 書邊)

楊葆昌 (貴州安順人, 清華 1927 畢業, 留美, 治化學) 譯, 宓校 "王孫哈洛紀遊詩, 第三曲" (1928-1929) —— 學衡 68 期. 吳宓詩集 卷十二, 44-49 頁.

[redacted] 不能讀 "唐璜" (今譯) / 應譯 "端磺安" (梁) } 此字讀音, Juan new one

長篇 Don Juan, Bks. I-XVII (未完) (Prof. H.P. Johnson 專之室).

參考: 宓編 (鉛印) 英文 "Summary of Don Juan" (由宓自讀全詩, 筆記其內容, 而編成此書, 西書中未見有此), 1926.

Paul Elmer More "A Note on Byron" (Don Juan is a mock-epic of Modern Life) —— in "Shelburne Essays" Vol. III. 書為鄭樞良失落!

其中 Canto III, 有哀希臘歌 "Isles of Greece" —— 梁啟超, 馬君武, 胡適, 蘇曼殊 譯

1962 年吴宓教授为其助手江家骏讲授英国浪漫派诗人拜伦时所写出之讲课提纲